AF308362

Dreißig entscheidende Sekunden

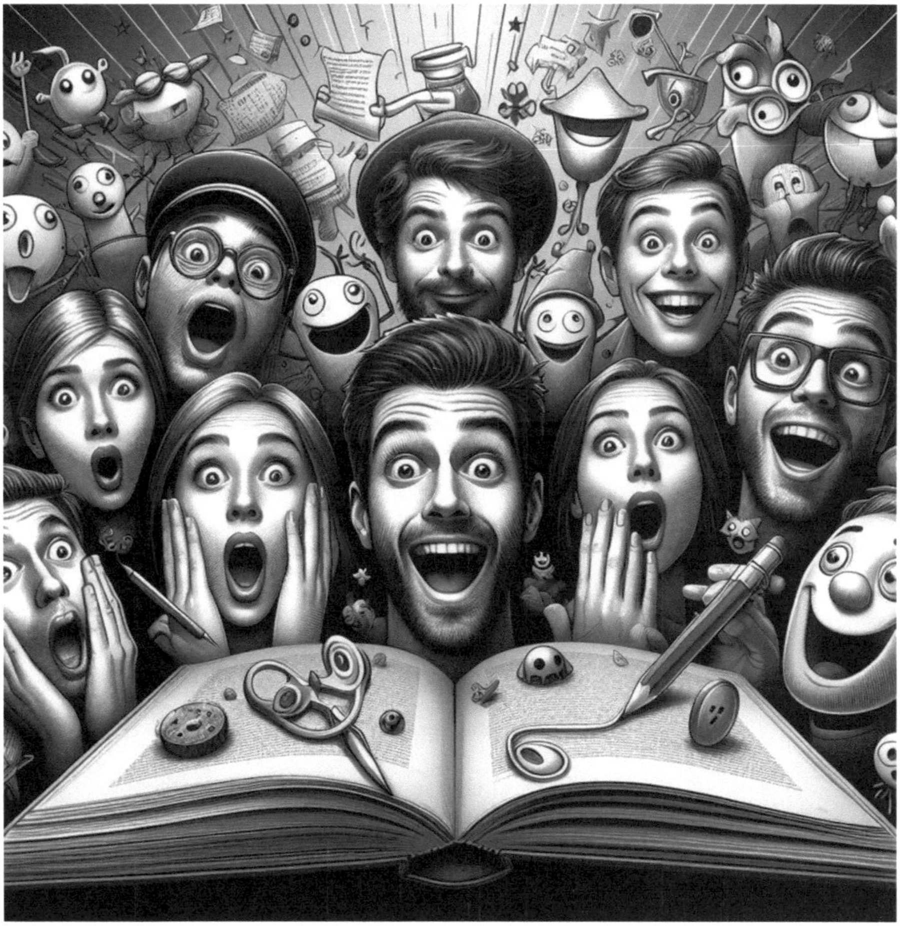

40 Gleichnisse und Bildreden aus den Evangelien in unsere Zeit transportiert und neu erzählt

INHALT

ALLES NUR NACHERZÄHLT!

Die Texte in diesem Buch sind Adaptionen von Gleichnissen, Parabeln und Allegorien aus den Evangelien der Bibel. Jesus von Nazareth hat mit solchen Erzählungen illustriert, was er seinen Zuhörern sagen wollte. Mal waren es ergänzende Geschichten zu einer Lehre, mal setzte er solche Bildreden anstelle klarer Worte ein. Dass seine Jünger, immerhin waren das seine ständigen Begleiter, ihn so oder so oft nicht verstanden, sei nur am Rande angemerkt.

Der Gedanke, diese Geschichten in unsere Zeit zu transportieren, sozusagen als Gleichnisse der Gleichnisse, hat mich schon seit Jahren gereizt und es waren bereits ein paar solche Erzählungen entstanden. Drei der Kapitel in diesem Buch sind daher Überarbeitungen von Erzählungen aus meinem 2018 erschienenen Buch *Salbe, Segen, Sammeleimer*. Ich hoffe, dass mir meine treuen Leser das nicht übelnehmen. Vielleicht finden sie es ja sogar interessant, den Änderungen im Vergleich mit den alten Versionen nachzuspüren?

Falls Sie sich wundern (oder gar empören), liebe Leser, dass in vielen Geschichten in diesem Buch eine ganze Menge krimineller Energie zum Vorschein kommt, dann wasche ich meine Hände in Unschuld und verweise Sie auf den Anhang: Dort finden Sie alle Bibeltexte, die den Erzählungen zugrunde liegen. Sie werden in den Geschichten, die Jesus erzählt hat, solche Sätze finden: »Doch jene meine Feinde, die mich nicht zum König über sich gewollt haben, führt hierher und macht sie vor meinen Augen nieder!« … »Und der Herr lobte den unehrlichen Verwalter, dass er klug gehandelt habe…« Also

wasche ich, wie gesagt, meine Hände in frommer Unschuld, was die Häufung von Kriminalität und Unglücksfällen in den Erzählungen betrifft.

Ein herzliches Dankeschön geht auch bei diesem Buch wieder an Hans-Jürgen, der ein guter Freund in allen Lebenslagen ist, für die geduldige und gründliche Suche nach Tippfehlern und ähnlichen Malheuren sowie wertvolle Inspiration an Stellen im Manuskript, die der Verbesserung und Nachbearbeitung bedurften.

Nun wünsche ich Ihnen, liebe Leser, gute Unterhaltung und vielleicht den einen oder anderen Aha-Moment beim Lesen.

Berlin, im Frühjahr 2024

BENZINGELD UM MITTERNACHT

Thomas ist 19 Jahre alt, ich bin 42. Er ist alleinstehend, ich habe Familie. Er hat noch keinen Beruf erlernt oder auch nur eine Idee, was er mit seinem Leben anfangen will, hilft ab und zu irgendwo aus, um ein paar Euro zu verdienen, meist aber lässt er sich durch die Zeit treiben. Ich bin Industriekaufmann in einem Unternehmen der Metallbranche, habe geregelte Arbeitszeiten und eine begrenzte Anzahl von Urlaubstagen. Thomas wird meist erst mittags oder noch später wach, wenn

andere schon an den Feierabend denken. Wir sind so verschieden, wie man nur sein kann … und trotzdem Freunde. Wann wir uns wo kennen gelernt und angefreundet haben, ist eine andere Geschichte und soll vielleicht ein anderes Mal erzählt werden. Unsere Freundschaft ist für mich ein wertvolles Geschenk. Thomas, der eher ungern über Gefühle spricht, hat immerhin einmal etwas ähnliches verlauten lassen: »Wieso habe ich solch ein Glück, dass du mein Freund bist?«

Kennen Sie den Wert von Freundschaften? Ich wünsche es Ihnen! Falls Sie sich fragen sollten, was Freundschaft eigentlich ist, habe ich Ihnen herausgesucht, was Wikipedia dazu sagt: *Zwei Menschen stehen in einem auf gegenseitiger Zuneigung beruhenden Verhältnis zueinander, das sich durch Sympathie und Vertrauen auszeichnet.* Glauben Sie mir, das ist wertvoll, das ist selten. Ich bin überzeugt, dass Menschen ohne Freunde ganz arm dran sind und froh, dass ich keiner von diesen bemitleidenswerten Einzelgängern bin.

Aber manchmal kann so eine Freundschaft die Nerven ganz schön strapazieren, und gelegentlich gehen Freundschaften aufgrund solcher Strapazen sogar leider auseinander. Beinahe wäre das zwischen Thomas und mir so gekommen. Ich kann es nun einmal nicht leiden, wenn ich ausgenutzt werde. Und in jener Nacht hatte ich genau diesen Eindruck.

Es war bereits Mitternacht, als Thomas anrief. Ich war nicht gleich wach, denn nachts stelle ich mein Mobiltelefon stumm, es vibriert dann lediglich. Auf dem Nachttisch abgelegt verursacht das Vibrieren jedoch ein Summen, das in der nächtlichen Stille laut genug ist, um die wohlverdiente Ruhe zu stören. Als ich noch ganz verschlafen das Geräusch wahrnahm, ging ich mit dem Telefon aus dem Schlafzimmer, damit wenigstens meine Frau weiterschlafen konnte.

»Was ist los?« nuschelte ich.

Thomas klang hellwach. »Ich brauche Hilfe! Ich bin vor ein paar Minuten nach Hause gekommen, mit einer jungen Dame. Und jetzt erzählt sie mir, dass sie erst 15 ist. Ich muss sie sofort nach Hause bringen, aber sie wohnt in Heimertingen, das sind dreiundzwanzig Kilometer.«

»Bist du von allen guten Geistern verlassen?« rief ich nun ziemlich laut. »Die Kinder schlafen, meine Frau ist vermutlich durch deinen Anruf wach geworden, ich hoffe, sie kann wieder einschlafen. Was habe ich denn mit dir und diesem Mädchen zu schaffen? Fahr sie nach Hause, du hast doch ein Auto!«

Das Vehikel, das Thomas sein Eigen nannte, war eine uralte Kiste und, soweit ich wusste, schon lange ohne gültige TÜV-Plakette. Ob es überhaupt fahrbereit war, schien mir fraglich. Aber ich musste um halb sechs Uhr aufstehen und war ziemlich aufgebracht wegen der Störung.

»Aber ich brauche dich! Bitte, wir sind doch Freunde, mach eine Ausnahme! Wie stehe ich denn da, das Mädchen muss sofort zu Hause abgeliefert werden!«

Beinahe hätte ich einfach aufgelegt, aber da ich von Natur aus höflich bin, besann ich mich und sagte: »Okay. Und wie, meinst du, soll ich dir jetzt helfen? Mein Auto ist in der Werkstatt zum Reifenwechsel. Ich kann dich – euch – nicht fahren. Oder dir mein Fahrzeug leihen. Selbst wenn ich das wollte.«

»Ich brauche nur Benzingeld. Dann kann ich sie fahren.«

»Du spinnst, Thomas. Deine Schrottkarre ist doch gar nicht zugelassen.«

»Das lass meine Sorge sein. Bitte, ich flehe dich an, zwanzig Euro sind genug. Mein Benzin reicht noch bis zu dir und dann zur Tankstelle, hoffe ich. Aber niemals bis Heimertingen und zurück. Ich fahre jetzt los und bin in fünf Minuten an deiner Tür.«

Wie gesagt, beinahe wäre unsere Freundschaft zerbrochen. Ich hielt es für ziemlich frech, dass Thomas dermaßen drängelte und nicht lockerließ, und letztendlich gab ich nur deshalb nach, weil ich keine Lust hatte, mich noch länger mit ihm herumzuärgern.

»Okay. Du bekommst die zwanzig Euro.«, sagte ich und beendete das Gespräch.

Ich zog mir schnell etwas über, verließ leise das Haus und wartete. Nach etwa zehn Minuten kam Thomas … er fuhr rückwärts. Ich schüttelte den Kopf und nahm an, dass er irgendwelche Substanzen zu sich genommen hatte, die nicht im Dorfladen um die Ecke zum Verkauf ausliegen. Ich reichte ihm wortlos den Geldschein durch das Fenster. Das Mädchen auf dem Beifahrersitz sah nicht aus wie 15, aber das Licht war schlecht und so genau habe ich auch nicht hingeschaut. Ich drehte mich um und ging zurück ins Haus. Er rief mir einen Wortschwall der Dankbarkeit hinterher, aber ich antwortete nicht.

Am nächsten Tag, als ich über die Episode nachdachte, tat es mir leid, so unwirsch gewesen zu sein. Immerhin waren wir schon eine ganze Weile befreundet, und auf Thomas hatte ich mich immer verlassen können, wenn ich einmal Hilfe brauchte, sei es beim Rasenmähen, als ich mir den Fuß verstaucht hatte oder beim Transport von schweren Gegenständen, die man besser zu zweit trägt. Ich holte nach Feierabend mein Auto aus der Werkstatt, kaufte Kuchen und zwei Becher Kaffee und fuhr zu Thomas.

»Entschuldige bitte meine Unfreundlichkeit letzte Nacht«, bat ich, als er total verschlafen die Tür öffnete. »Hier kommt dein Frühstück.«

Als ich dann beim gemeinsamen Verspeisen des Kuchens hörte, wie seine mitternächtliche Fahrt verlaufen war, tat mir meine Unfreundlichkeit noch mehr leid. Ich hätte Thomas sofort für einen Orden vorgeschlagen, wenn ich gewusst hätte, wo man solche Vorschläge einreicht. Er hatte eine Heldentat vollbracht: Sein Auto fuhr nur noch im Rückwärtsgang, das kaputte Getriebe ließ keine andere Richtung zu. Mit den letzten Tropfen Benzin hatte er den Weg zu mir, und dann zur Tankstelle bewältigt. Nach dem Tanken fuhr er die 23 Kilometer ins Dorf des Mädchens und die Strecke zurück zu seiner Wohnung auf der Standspur der Landstraße im Rückwärtsgang. Es wäre ihm undenkbar gewesen, die junge Dame mitten in der Nacht draußen stehen zu lassen. Bei sich übernachten lassen wollte er sie auch nicht, das kam für ihn überhaupt nicht in Frage, sobald er gewusst hatte, wie jung sie noch war. Er hatte angenommen, sie sei volljährig, als sie sich in der Dorfdiskothek bei Schummerlicht kennen gelernt hatten. Sonst wäre sie, so anhänglich sie sich auch verhalten hatte, gar nicht erst bei ihm in der Wohnung gelandet. Als er die Geschichte erzählt hatte, war ich richtig froh, ihm mit dem Geld ausgeholfen zu haben.

Sehen Sie, so ist das mit der Freundschaft. Die darf auch mal was kosten … und nüchtern betrachtet ist es ja überhaupt keine Katastrophe, mal einem Freund zuliebe auf eine Stunde Schlaf und zwanzig Euro zu verzichten.

i

ALS DER RABUS SCHORSCH KAM

Petra und Valentin Maierhof sind erfolgreich, daran bestand nie ein Zweifel. Jeder in der Stadt kennt ihr Unternehmen und weiß, dass die beiden es mit viel Fleiß und Ausdauer quasi aus dem Nichts aufgebaut haben. Seit nunmehr dreißig Jahren führt das Ehepaar die Firma Maierhof GmbH & Co KG und hat mittlerweile nicht nur rund 50 Arbeitsplätze geschaffen, sondern auch eine ansehnliche Menge Projekte für das Gemeinwohl finanziert. Die neue Turnhalle an der Schule haben sie bezahlt, im Stadtpark einen großen Abenteuerspielplatz anlegen lassen, zur Adventszeit lassen sie Jahr für Jahr den Marktplatz mit einer schön geschmückten Tanne ausstatten und vieles mehr.

Man kann aber auch nicht sagen, dass die beiden jemals durch Bescheidenheit aufgefallen wären. Sie waren es nicht nur gewohnt, sondern sie erwarteten, dass man sie überall bevorzugt bediente, ihnen Platz machte, Rücksicht auf ihre Wünsche und Befindlichkeiten nahm. Zumindest bis zu jener Begebenheit vor zwei Monaten.

Es war nichts als folgerichtig, dass Petra und Valentin sich an den Tisch des Hochzeitspaares setzten, als unser Bürgermeister Johann Gastl seine zweite Frau heiratete. Vor sechs Jahren war Marianne Gastl gestorben, der Bürgermeister war damals an der Trauer fast zerbrochen. Wir alle gönnten ihm und Natalie, die er vor zwei Jahren kennen gelernt hatte, das neue Glück zu zweit. Der Festsaal im Rathaus war fast zu klein für die vielen Gäste, die zur Hochzeitsfeier geladen waren. Es gab etwa zweihundert Plätze an den exquisit dekorierten Tischen, aber Platzkärtchen mit Namen waren nirgends aufgestellt. Man suchte sich einfach einen Platz aus, sobald man eintraf. Dass der Tisch des Hochzeitspaares allerdings den Verwandten und Ehrengästen vorbehalten war, verstand sich für mich und alle anderen Gäste von selbst.

Petra und Valentin Maierhof hatten sich augenscheinlich für Ehrengäste gehalten, ohne zu zögern hatten sie am besonders festlich dekorierten Tisch mit den beiden blumenumkränzten Sesseln für das Brautpaar Platz genommen. Der Bürgermeister und seine Gattin waren noch nicht im Saal gewesen. Nach und nach füllten sich die Plätze. Es waren nur noch am Eingang, weit weg vom Hochzeitspaar und der kleinen Bühne für das Festprogramm, ein paar Stühle leer, als Johann Gastl mit der frisch angetrauten Natalie Gastl eintraf. Unter Applaus ging das Paar zum Tisch ganz vorne. Danach trat relative Stille ein, sodass fast alle Gäste hörten, wie der Bürgermeister zu den Maierhofs sagte: »Ich muss Sie beide bitten, diese Plätze zu räumen. In wenigen Minuten wird mein Parteifreund, der Landrat Rabus Schorsch mit seiner Frau eintreffen. Nehmen Sie doch freundlicherweise an einem anderen Tisch Platz.«

Wie sich die beiden gefühlt haben mögen, vermag ich nicht zu sagen. Aber die Gesichter waren beide ziemlich gerötet, als sie mit suchenden Blicken durch den Saal ganz nach hinten gingen und schließlich neben der Eingangstüre noch zwei unbesetzte Stühle fanden. Es war niemandem eingefallen, den beiden Plätze freizumachen. Sie blieben dann auch nicht lange auf der Hochzeitsfeier des Bürgermeisters.

Das war vor zwei Monaten gewesen. Wie ich gestern beobachten konnte, hat die Episode offensichtlich eine gewisse Wirkung gehabt, die anzudauern scheint. Beim jährlichen Bankett zu Ehren und zur finanziellen Unterstützung der freiwilligen Feuerwehr setzten sich die Maierhofs nämlich ziemlich weit hinten an einen der Tische, als der gleiche Saal sich nach und nach füllte.

Kurz vor Beginn des Programms kam dann Bürgermeister Gastl an den Tisch der beiden und bat sie, doch ganz oben an der Festtafel Platz zu nehmen.

Ich kann ja nicht in Menschen hineinschauen, aber auf mich wirkte das bescheidene Zögern der beiden vollkommen echt und ungekünstelt. Als sei es ihnen fast peinlich, eine solche Ehre zu genießen. Ob diese neue Bescheidenheit anhalten wird … nun ja, das muss die Zukunft zeigen.

ii

SAMUEL BECKETTS UNGESCHRIEBENER LETZTER AKT

Kennen Sie das Stück *Warten auf Godot?* Einer unwichtigen Anfrage wegen warten zwei Landstreicher auf die Antwort des ihnen nur vage bekannten Godot. Der eine beginnt an dem ereignislosen Nichtstun so zu leiden, dass er mehr als zehnmal den Wunsch äußert, das Warten abzubrechen. An zwei Tagen erscheint ein Junge, der ihnen jeweils mitteilt, Godot werde nicht heute, bestimmt aber morgen kommen. Zeitweilig gibt es etwas Ab-

wechslung in dem Stück, aber es besteht fast nur aus Warten, Warten und Warten und endet – falls man das ein Ende nennen will – mit dem nicht endenden Warten.

So kommen wir uns hier inzwischen vor. Man hat uns vor ichweißnichtwielanger Zeit versprochen, dass jemand mit einem geeigneten Schiff erscheinen würde, um dem Elend hier ein Ende zu machen, aber geschehen ist nichts. Die Umstände verschlimmern sich, wir werden älter und schwächer, einige von uns sind inzwischen verstorben. Sie wissen ja, dass wir vollkommen unverschuldet in diese Lage geraten sind, nicht wahr? Unser Expeditionsleiter hatte uns auf diese Insel gebracht, um das Projekt zu vollenden, und war dann eines Tages abgereist mit dem Versprechen, dass wir bald von ihm – womöglich in anderer Gestalt – abgeholt werden würden. Was immer das auch heißen sollte … passiert ist nichts. Wir warten. Und warten. Und warten.

In der vergangenen Nacht träumte ich wieder einmal, dass der Versprochene gekommen wäre und uns aus diesem Elend erlöst hätte. Als ich wach wurde, war natürlich alles beim Alten und nichts war gut. Aber als ich noch fast im Halbschlaf mit der Situation und mir und meinem Leben haderte, fiel mir plötzlich etwas wieder ein, was längst vergessen schien.

Irgend jemand hatte vor vielen Jahren mal erwähnt, dass es womöglich mit den ominösen Helfer oder Retter, oder was weiß denn ich, wie man den nennen soll, dass es mit ihm so sei wie mit den Jahreszeiten. Sobald man an den Sträuchern und Bäumen die ersten klitzekleinen grünen Knospen und Blattansätze sieht, ist der Frühling nicht mehr weit, so nasskalt und scheußlich das Wetter auch gerade noch sein mag.

Als ich mir das wieder vergegenwärtigte, wusste ich auch, was mir gestern in all dem elenden Einerlei, das Tag für Tag unser jämmerliches Dasein bestimmt, aufgefallen war, ohne dass ich es bewusst bemerkt hatte. Ganz unscheinbar war es, kaum zu erkennen, aber doch zweifellos vorhanden. Ein winziger Unterschied zu vorher.

Nun werde ich ganz bestimmt mit erhöhter Aufmerksamkeit durch diesen Tag, auch durch die nächsten Tage gehen, denn falls ich mich nicht getäuscht haben sollte, dann müsste es noch weitere Anzeichen geben. Und dann könnte er ja doch noch kommen. Ich bin gespannt und wundere mich über mich selbst, dass da auf einmal ein Funke von Hoffnung in mir zu glühen beginnt.

Sie schütteln den Kopf? Das kann ich Ihnen nicht verdenken. Falls Sie *Warten auf Godot* kennen, dann bemitleiden Sie mich jetzt womöglich, weil ich auf Sie wie einer der beiden Landstreicher im Theaterstück wirke: Immer weiter hoffen, wo es gar nichts zu hoffen gibt. Aber vielleicht – wer weiß das schon! – vielleicht ist dies ja nun doch endlich die Fortsetzung, die Erlösung, die Samuel Beckett seinem Theaterpublikum vorenthalten hat? [iii]

DER NUTZLOSE BIRNBAUM

Ich mag Shakespeare. Überhaupt bin ich der Kunst sehr zugeneigt. Meine Mutter hat mich gelegentlich als Schöngeist bezeichnet, als ich noch Kind war. Ein Schöngeist ist ja bekanntlich eine Person, die sich mit ausufernder Begeisterung den Schönen Künsten und mit deutlich weniger Enthusiasmus den Alltagsdingen widmet, und aus dieser Sicht betrachtet, hatte meine Mutter Unrecht. Ich habe mich mit Eifer und Hingabe der Schule und später dem Studium gewidmet, weil ich eine gesicherte berufliche Existenz schon in jungen Jahren als unverzichtbare Grundlage für die Möglichkeit erkannt habe, die Schönen Künste tatsächlich zu genießen. Man kann mir also keinesfalls nachsagen, ich verstünde nichts oder wenig von der Landwirtschaft. Dieses Landgut gehört seit fünf Generationen meiner Familie, ich bin mit Obst und buchstäblich mitten im Obst aufgewachsen. Und wie bereits angedeutet, habe ich nach einem herausragenden Abitur dann Biologie und Agrarwirtschaft studiert, bevor mir die Leitung des Familienunternehmens anvertraut wurde. Also erzähle mir niemand, ich sei nicht sachkundig. Ich beherrsche Theorie und Praxis. Dass ich Shakespeare und andere Künstler sehr zu schätzen weiß, ändert daran nichts.

Auf der eher kleinen Obstwiese oberhalb unseres Landhauses, die etwas abseits der übrigen Obstplantagen liegt, gibt es vierzehn Apfelbäume und vier Birnbäume. Und um einen von diesen Birnbäumen ging es gestern.

Ich machte mit einem unserer angestellten Gärtner den wöchentlichen Rundgang und ärgerte mich wieder einmal über diesen Birnbaum, eine Conference, die ja nun wahrlich nicht als anspruchsvoll oder anfällig gilt. Bereits seit drei Jahren findet sich an diesem Baum keine einzige Birne. Er hat die gleichen Bedingungen wie alle anderen, ist so alt wie die anderen drei Birnbäume auf der Wiese und weder von Schädlingen befallen noch vom Birnengitterrost oder dem Feuerbrand geschwächt. Dass er genetisch zu den anderen Birnbäumen hier passt, ist unstrittig, die Befruchtertabelle muss mir niemand vorlesen. Außerdem hat er ja vor Jahren tatsächlich noch Birnen getragen.

Ich sagte zum Gärtner: »Kennen Sie die erste Zeile des Monologs aus Hamlet, dritter

Aufzug, erste Szene? Wenn ich diesen Baum hier sehe, fällt mir der Satz ein: *To be, or not to be, that is the question.* Diese Frage habe ich jetzt entschieden: Nehmen Sie den Baum bitte heraus. Vielleicht kann man das Holz noch für eine Vertäfelung verwenden, oder fragen Sie den Instrumentenbauer in der Stadt, ob er es für Blasinstrumente brauchen kann.«

»Aber«, entgegnete der Mann, »es könnte doch sein …«

»Der Baum nimmt jetzt schon drei Jahre lang den umstehenden Bäumen Nährstoffe und Feuchtigkeit weg, ohne dass er zu irgendetwas taugt. Fällen Sie ihn und graben Sie auch das Wurzelwerk aus. Das sollte mit den neuen Maschinen, die wir angeschafft haben, kein Problem sein. Pflanzen Sie dann bitte an dieser Stelle einen neuen Birnbaum ein, Williams Christ dieses Mal. Oder eine Gellerts, das wäre eine Bereicherung, falls Sie in der Baumschule eine gesund aussehende Pflanze finden.«

Ich weiß ja nicht, ob dieser Gärtner unter ausgerechnet diesem Birnbaum einst ein Mädchen geküsst hat oder was ihm sonst so wichtig daran sein könnte. Jedenfalls bat er mich: »Lassen Sie ihn doch bitte noch ein Jahr stehen. Ich werde ringsherum die Erde lockern und noch einmal kräftig mit Pferdemist düngen. Vielleicht erholt er sich ja doch noch und hängt nächstes Jahr voller Birnen. Falls nicht, dann soll er wirklich gefällt werden.«

Eigentlich gehört es sich ja nicht, dass der Angestellte so hartnäckig dem Chef widerspricht. Aber dieser Mann ist ein erfahrener und zuverlässiger Gärtner, und als er so herzlich für diesen nichtsnutzigen Baum eintrat, gab ich nach.

Nun bin ich sehr gespannt, wie es nächstes Jahr um diese Zeit aussehen wird. Für den Birnbaum heißt es dann aber endgültig *to be, or not to be.*

iv

VOM TATORT UND VON DER BUNDESLIGA

Hans-Georg hat mich gestern gefragt, was die Erste Fußball-Bundesliga mit dem sonntäglichen Tatort-Krimi zu tun hat.

Hans-Georg stellt gern Fragen, von denen er annimmt, dass man auf keine Antwort kommen kann. Wenn der Befragte dann entweder sprachlos mit den Schultern zuckt oder einfach zugibt, keine Ahnung zu haben, kann Hans-Georg einem staunenden Gegenüber wieder einmal seine Eloquenz und allumfassende Klugheit vorfüh-

ren. Bei mir hat er damit kein Glück, das weiß er längst, aber er versucht es eben immer wieder. Gestern kam er mit der Frage nach Tatort und Fußball daher.

»Das ist ganz einfach«, erklärte ich ihm. »Der Tatort, egal welches Drehbuch zu Grunde liegt und welche Ermittler am jeweiligen Sonntag dargestellt werden, ist ein Abbild der Bundesliga.«

»Das musst du schon etwas ausführlicher darstellen, wenn das als Antwort durchgehen soll«, meinte Hans-Georg.

Also holte ich weiter aus: »Wenn die neue Saison beginnt, haben wir es mit 18 Mannschaften zu tun, die alle theoretisch die gleichen Chancen haben. Tatsächlich aber gibt es welche, die von Anfang an die Nase vorn haben, weil eben besonders gute und richtig motivierte Fußballspieler dazugehören, und es gibt auch welche wie Hertha BSC. Man weiß darüber hinaus von vornherein, dass am Ende zwei von den 18 Mannschaften ausscheiden und Platz für Aufsteiger machen müssen. Beim Tatort ist es genauso. Da gibt es soundso viele Figuren, die theoretisch alle der Täter sein können, aber es zeigt sich erst gegen Ende, wer tatsächlich im Knast landet. Dass es einen von den potenziellen Verdächtigen treffen wird, ist aber sicher. Da wird dann Heulen und Zähneklappern sein.«

Hans-Georg nickte nachdenklich. »Du meinst also, es ist vorherbestimmt, wer der Mörder und wer der Absteiger ist?«

»Beim Tatort ist das vom Drehbuch vorherbestimmt. Der Böse ist von Anfang an der Böse, aber er wird erst gegen Ende offenbart. Bei der Bundesliga ist es genauso unausweichlich, schließlich sind die schlechten Spieler ebenso lange dabei wie die guten Spieler.

Als Zuschauer im Stadion weiß man sie beim Anpfiff noch nicht zu unterscheiden. Erst am Ende der Saison wird sich dann tatsächlich zeigen, wer den Klassenerhalt geschafft hat und wer im Orkus landet. Da ist dann das laute Weinen und das Zähneknirschen unabwendbar.«
v

DER HERZENSGUTE MARIO

Stefanie Lorenz war in einer ganz ähnlichen Situation gewesen wie Sandra Treitschke, allerdings verstehe ich sehr gut, dass Sandra Treitschke diejenige war, die all ihre Kräfte aufwendete, um Mario zu helfen, als es wirklich darauf ankam.

Ich kenne Mario besser als die meisten Menschen, denn wir sind seit der Schulzeit Freunde. Dass beispielsweise Mario seinen Lebensunterhalt damit bestritt, Bargeld zwischen verschiedenen Ländern hin und her zu transportieren, wusste meines Wissens sonst niemand. Er arbeitete für eine kalabrische Familie. Woher das Geld stammte, wofür es verwendet wurde, das interessierte Mario nicht. »Je weniger ich weiß, desto sicherer ist mein Leben«, erklärte er mir mal bei einem Treffen.

Ich kann Ihnen das jetzt auch nicht genauer erläutern, wenn ich mich nicht selbst in Gefahr bringen will. Und das will ich nicht. Es soll an dieser Stelle genügen, dass Mario und ich zusammen zur Schule gegangen und dann immer in Kontakt geblieben sind, obwohl wir ganz verschiedene Lebenswege gewählt haben. Mario, dessen Eltern Italiener waren, hatte sich beruflich in deren Heimatland orientiert, ich bin hier in Berlin Autohändler geworden.

Um diese Geschichte nicht unnötig in die Länge zu ziehen, komme ich gleich auf die beiden eingangs erwähnten Damen zu sprechen. Vielleicht sollten Sie aber vorher noch wissen, dass ich, obwohl ich inzwischen vier Autohäuser in Berlin besitze, immer noch gerne persönlich Kunden berate und betreue, einfach weil es mir Spaß macht.

Stefanie Lorenz wollte sich einen *Fabia* kaufen, Sandra Treitschke hatte sich einen *Kodiaq* ausgesucht. Die Damen kannten sich nicht, das sollte ich vielleicht noch erwähnen. Sie kamen nur zufällig im gleichen Monat in mein Autohaus in Zehlendorf.

Den *Fabia* in der gewünschten Ausstattung konnte ich als Jahreswagen für 15.000 Euro anbieten, für den *Kodiaq*, den Sandra Treitschke wollte, betrug der Preis rund 48.000 Euro. Beide Damen standen zwar in Lohn und Brot, aber Erspartes war wohl nicht in ausreichender Menge verfügbar. Jedenfalls drucksten sie etwas ratlos herum, als es um die Frage der Bezahlung ging.

Ich gebe Kunden in solchen Situationen gerne eine Visitenkarte von Mario, denn der hat sich neben seinem Hauptberuf als Transporteur von Geldkoffern nebenbei als Finanzdienstleister ein zweites Standbein zugelegt. Ich bekomme von ihm keine Provision oder irgendwelche anderen Zuwendungen, ich habe seine Karten aus reiner Freundschaft im Geschäft vorrätig. Und natürlich zu dem zugegeben eigennützigen Zweck, Autos an Menschen verkaufen zu können, deren Finanzausstattung – aus welchen Gründen auch immer – nicht für das Wunschfahrzeug ausreicht. Meine Angestellten und ich leben nun einmal davon, dass die Fahrzeuge nicht auf dem Hof stehen bleiben. Immerhin weiß ich seit Jahren, dass Mario für seine Finanzdienstleistungen keine horrenden Zinsen oder Provisionen verlangt. Ein Kredit bei ihm ist, das hatte ich mehrfach von meinen Kunden, die auch seine wurden, erfahren, sogar vergleichsweise preiswert. Kurzum, Stefanie Lorenz und Sandra Treitschke bekamen Marios Visitenkarte von mir.

Jeweils ein paar Tage nach dem Verkaufsgespräch und der Probefahrt waren die Damen mit den entsprechenden Summen wieder da und kauften sich ihre Wunschautos.

Etwa ein halbes Jahr später verloren beide unverschuldet ihre Erwerbsquellen und konnten nicht mehr zurückzahlen, was sie von Mario bekommen hatten. Sandra Treitschke hatte bei einem Unternehmen in der Wohnungswirtschaft gearbeitet, welches aufgrund der Berliner Politik seine Tätigkeit in der Stadt einstellte und in ein benachbartes Bundesland wechselte. Stefanie Lorenz arbeitete in einem Supermarkt, der aufgrund der steigenden Energiekosten und des sinkenden Pegelstandes in den Geldbeuteln seiner Kunden nicht mehr rentabel war und geschlossen wurde.

Und was tat Mario? Wenn Sie jetzt an Geldeintreiber aus Mafiafilmen denken, liegen Sie falsch. Er hörte sich an, was passiert war, und erließ meinen Kundinnen ihre Schulden. Einfach so. Weil er es sich leisten konnte und weil er eben durch und durch ein guter Mensch ist. Stefanie Lorenz bekam auf diese Weise 13.800 Euro Restschuld geschenkt, Sandra Treitschke 42.000 Euro.

So. Und nun raten Sie mal, welche der beiden Damen ihren guten Ruf und sogar ihre Beziehung zu ihrem Lebensgefährten aufs Spiel gesetzt hat, als Mario letzte Woche ein Alibi brauchte, weil man ihn wegen eines Tötungsdeliktes im Berliner Tiergarten, mit dem er übrigens absolut nichts zu tun hatte, verdächtigte.

vi

HIER REGNET ES DOCH KAUM EINMAL

Man sollte sich, davon war Marie-Luise überzeugt, in wichtigen Dingen nicht auf zwielichtige oder ganz offensichtlich unseriöse Quellen, bei denen es nur darum geht, Geld zu verdienen, verlassen. Neulich hatte sie, weil sie einen neuen Standmixer kaufen wollte, im Internet nach Vergleichstestergebnissen gesucht. Der Kauf eines solchen Gerätes zählt nun wahrlich nicht zu den wichtigen Dingen im Leben, aber unnötig viel Geld für ein minderwertiges Produkt ausgeben wollte Marie-Luise auch nicht.

Die Suche im Internat nach »Vergleichstest Standmixer« brachte zum Vorschein, wie untauglich das Internet inzwischen für fundierte Informationen geworden ist. Es gab bei dieser Suche ungefähr 30.000 Ergebnisse. Alle zuerst angezeigten Links führten zu Seiten, die keinen anderen Zweck hatten, als Geld für ihre Betreiber einzusammeln. Die Namen sollten Seriosität suggerieren: »Warentestvergleich«, »Warenvergleich«, »Testsieger«, »Alles Beste« und so weiter. Beim Klick auf solche Quellen landet man auf Seiten, deren Zweck die Weiterleitung zu Versandhändlern wie Amazon, Saturn, Otto und Co. ist. Der Seitenbetreiber erhofft sich viele Klicks, denn ausschließlich damit verdient er Geld von den Versandhändlern. Marie-Luise ließ sich angesichts der Suchergebnisse lieber im Fachgeschäft beraten und war mit dem erstandenen Gerät dann sehr zufrieden.

Jetzt aber ging es nicht um ein Küchengerät, sondern um die Errichtung ihres Feriendomizils nahe der Küste auf der griechischen Insel Korfu. Beim Urlaub vor zwei Jahren war sie auf das Gelände aufmerksam geworden. Es war eines der Objekte, die der griechischen Staatsschuldenkrise zum Opfer gefallen waren. Löhne und Gehälter waren gekürzt worden, Renten heruntergesetzt, Weihnachts- und Urlaubsgeld wurde abgeschafft … zahlreiche angefangene Bauwerke blieben einfach im jeweiligen Zustand stehen, andere wurden gar nicht erst begonnen. Und noch heute kann man Grundstücke vergleichsweise preiswert erwerben oder pachten.

Marie-Luise hatte lange gespart und nie so recht gewusst, was sie mit dem Geld anfangen sollte. Auf dem Bankkonto gab es keine Zinsen, und der Wert des Geldes nahm ständig ab, obwohl die Summe die gleiche blieb. Die Idee, sich ein Domizil auf Korfu zu schaffen war vor zwei Jahren ganz spontan entstanden, während sie mit ihrer Freundin und Urlaubsbegleiterin Christine an der Küste entlang wanderte. Auch Christine hatte Geld, mit dem sie nichts rechtes anzufangen wusste. Sie standen vor den zwei Grundstücken, an deren Zaun die For-Sale-Schilder baumelten und sagten wie aus einem Mund: »Wir könnten das doch kaufen und dann immer hier überwintern!«

Und nun, im Juni 2023, war es so weit, der Ämterkram erledigt, zwei verschiedene Baufirmen beauftragt und Christines Haus war fertig. Sie hatte es, um Kosten und Zeit zu sparen, ohne Unterkellerung auf den verdichteten Lehmboden bauen lassen. Marie-Luise musste noch warten, denn sie ließ eine tiefe Grube ausheben und die Grundmauern auf den Felsengrund der Insel setzen.

»Hier regnet es doch kaum einmal«, hatte Christine entgegnet, als Marie-Luise meinte, dass ein festes Fundament unumgänglich wäre. »Außerdem würde die Baufirma das ja nicht bauen, wenn es gefährlich wäre. Und im Internet habe ich gelesen, dass am Hang der Regen sowieso um die Häuser herum nach unten abfließt.«

Marie-Luise hatte, wie bei ihrem Standmixer, lange recherchiert und dann statt auf das Internet zu hören Expertenrat eingeholt. Es hatte zwar auf Korfu, soweit bekannt, keine nennenswerten Überschwemmungen gegeben, aber für die Zukunft ausschließen konnte das natürlich niemand. Es gab solche und solche Expertenmeinungen … die einen für verdichteten Boden, die anderen für Felsengrund. Schließlich hatte sich Marie-Luise für die teurere und zeitaufwändigere Bauweise entschieden, denn, so erklärte sie es ihrer Freundin, »ich möchte und kann nur einmal im Leben ein solches Haus bauen lassen. Und ich möchte dann die nächsten zwanzig oder dreißig Jahre, je nachdem, wie lange der Herrgott mich hier verweilen lässt, etwas davon haben.«

Ende August war dann auch ihr Haus fertig und sie reiste zur Schlüsselübergabe an. Es hatte in diesem Jahr auch auf Korfu Waldbrände gegeben, aber gottlob waren die ein ganzes Stück von den beiden Grundstücken entfernt und schnell gelöscht worden. Nun nahm sie am Mittwoch, dem 30. August 2023 stolz ihr Winterdomizil in Besitz. Sie hatte vor, etwa zwei Wochen zu bleiben und sich um die Inneneinrichtung zu kümmern.

Am 5. und 6. September wurde Griechenland von den schlimmsten Regenfällen der Geschichte heimgesucht. Marie-Luise saß auf ihrem neuen Sofa in ihrem neuen Wohnzimmer und musste entsetzt mitansehen, wie das Haus ihrer Freundin, die Gott sei Dank zu diesem Zeitpunkt in Deutschland war, von den Wassermassen davongespült wurde.

vii

OBSTTORTE AM TISCH DER CHEFIN

Sich selbst ganz objektiv einzuschätzen, das ist eine Kunst, die wohl kaum jemand beherrscht. Das liegt in der Natur des Menschen … und vielleicht ist das sogar gut so. Wer weiß, was für ein jämmerliches Dasein so manches arme Früchtchen fristen müsste, wenn ihm der Umfang seines tatsächlichen Könnens und Wissens bewusst wäre.

Wer hat sich nicht schon alles beispielsweise in politische Ämter wählen lassen, ohne überhaupt jemals ein Studium oder auch nur eine Berufsausbildung abgeschlossen zu haben. Oder denken wir an die unrühmliche Baugeschichte des Flughafens Berlin-Brandenburg … wenn man Lehrer im Aufsichtsrat eines solchen Projektes an Spitzenpositionen setzt, muss man sich nicht wundern, dass sie nicht bemerken, was auf der Baustelle nicht oder falsch gemacht wird. Die Herren, die seinerzeit für das Scheitern der Eröffnung verantwortlich waren, sind sich vermutlich bis heute keiner Schuld bewusst. Sich selbst ganz objektiv einzuschätzen, das ist eben eine Kunst, die auch kaum ein Politiker beherrscht.

Allerdings kann dieser Mangel an neutraler Betrachtung des Selbst auch dazu führen, dass es an manchen Stellen im Leben nicht so vorangeht, wie man es sich vorgestellt hat. Und dann fällt man aus allen Wolken.

Charlotte von Schnakenburg, eine gute Bekannte von mir, hat mehrere Hausangestellte. Die braucht sie auch, denn das Landschloss und das umgebende Anwesen sind gleichermaßen weitläufig und das komplette Areal steht unter Denkmalschutz. Es kann ja nun niemand von Frau von Schnakenburg erwarten, all die Gartenanlagen und selten genutzten Räume selbst in Schuss zu halten.

Den Sesselpupsern vom Denkmalschutz ist es egal, ob sich ein Eigentümer die Auflagen überhaupt leisten kann oder nicht. Personal kostet nun einmal Geld … und es ist heutzutage fast unmöglich, überhaupt jemanden zu finden, der sich für solche Arbeiten interessiert. Ob diejenigen, wenn es denn gelungen ist, Interessenten zu finden, dann auch noch über die notwendigen Kenntnisse und Fertigkeiten verfügen, das steht dann auf einem anderen Blatt geschrieben.

Charlotte von Schnakenburg hatte kürzlich zwei Frauen eingestellt, die für die Reinigung und Instandhaltung der Räume im Landschloss zuständig sein sollten, außerdem oblag ihnen die Zubereitung der Mahlzeiten. Es gab ordentliche Arbeitsverträge, einen vereinbarten Lohn deutlich über dem staatlich verordneten Mindestsatz und selbstverständlich die obligatorische Sozialversicherung. Die beiden Frauen, nennen wir sie mal unverfänglich Anni und Nanni, begannen am Freitag, dem 1. September 2023, ihren Dienst. Anni ist heute noch bei Charlotte von Schnakenburg angestellt. Nanni bekam am Abend des ersten Arbeitstages ihre Entlassung. Und zwar deshalb:

Nanni kam gegen 16 Uhr in das Speisezimmer von Frau von Schnakenburg spaziert, sah Kuchen und Kaffee auf dem Tisch stehen und nahm Platz. Sie ließ es sich gut gehen, offenbar schmeckte die Torte ganz vorzüglich. Als Charlotte von Schnakenburg ein paar Minuten später den Raum betrat, aß Nanni unbekümmert weiter.

»Was machen Sie denn hier?« fragte die irritierte Frau von Schnakenburg.

»Ich habe unten geputzt, dann die Treppe gefegt und zur Belohnung gönne ich mir jetzt Kaffee und Kuchen.«

»Ist denn das Abendessen vorbereitet? Wir erwarten ja gegen 18 Uhr vierzehn Gäste, wie Ihnen bekannt sein müsste, falls Sie heute früh zugehört haben.«

»Ich glaube, ich habe heute eine Menge geschafft. Sie sollten dankbar sein, dass alles unten so sauber ist.«

»Dankbar? Weil Sie ihrer bezahlten Arbeit nachgekommen sind?«

»Ich finde, ich habe genug getan für einen Tag.« Nanni schenkte sich Kaffee nach und würdigte ihre Arbeitgeberin keines Blickes mehr.

Es dürfte kaum jemanden verwundern, dass es für Nanni keinen zweiten Arbeitstag im Hause von Schnakenburg gab.

Sich selbst objektiv einzuschätzen, das ist eine Kunst, die Anni fremd war. Ob sie etwas daraus gelernt hat, wird sich bei ihrer nächsten Arbeitsstelle zeigen, falls sie eine suchen und finden sollte.

Anni dagegen arbeitet noch heute bei Charlotte von Schnakenburg und es gefällt ihr dort. Als ich sie neulich traf und mich anerkennend bezüglich der Blumenarrangements äußerte, meinte sie lächelnd: »Dafür bin ich doch hier und werde sehr ordentlich bezahlt. Ich habe nur meine Schuldigkeit getan. Aber es freut mich natürlich, dass es Ihnen und der Chefin gefällt.«

viii

PRÜGEL FÜR DEN NACHBARN, DER NUR HELFEN WOLLTE

Ich habe ein blaues Auge und ein paar Prellungen. Es wird schon noch ein paar Wochen dauern, bis das alles abgeheilt ist. Wenn ich meiner Nachbarin nicht hätte helfen wollen, wäre ich nicht zusammengeschlagen worden. Wegen einer Hochzeit … ausgerechnet! Immerhin sitze ich jetzt hier an der Festtafel und genieße die Köstlichkeiten, die aufgetischt werden.

Der Tag, an dem zwei Menschen sich das Ja-Wort geben, gilt gemeinhin als einer der glücklichsten und freudigsten Tage ihres Lebens. Die Hochzeit ist ein Moment der Liebe, des Zusammenseins und des Feierns, an dem Familie und Freunde zusammenkommen, um am Glück des Brautpaares teilzuhaben. Doch manchmal verlaufen Hochzeitsvorbereitungen nicht ganz so reibungslos, wie man es sich wünscht.

Was die Nachbarstochter Malin und ihr Bräutigam Jan erlebt haben, geht allerdings weit über ein paar Missgeschicke hinaus: Alle geladenen Gäste sagten, zum Teil sogar erst im allerletzten Moment, ihre Teilnahme ab. Ich gehöre nicht zum engen Freundeskreis von Jan und Malin, ich bin nur ein Nachbar, der mit den Eltern der Braut seit Jahren eine freundlich-höfliche Bekanntschaft pflegt. Wir helfen einander aus, wenn mal die Butter alle oder das Fahrrad defekt ist, im Urlaub schauen wir nach den Blumen und Fischen im Gartenteich … und natürlich plaudern wir hin und wieder über unsere Kinder. So erfuhr ich von der schrecklichen Situation, in der das Hochzeitspaar plötzlich war.

Vorangegangen war eine monatelange Planung voller Vorfreude und großer Erwartungen. Das Brautpaar investierte nicht nur Zeit, sondern auch viele Emotionen und Ressourcen in die Organisation ihres einmaligen Festtages. Die Gästeliste wurde sorgfältig erstellt, Einladungen rechtzeitig versandt. Das Paar freute sich auf die Anwesenheit der Freunde und Familienmitglieder, um diesen Meilenstein im Leben zu feiern. Jans Eltern sind Inhaber einer Kette von Bekleidungsgeschäften der gehobenen Preisklasse. Sie mochten vielleicht auch, wie wir alle, hin und wieder Sorgen haben, aber gewiss keine Geldsorgen. Sie hatten für die Hochzeitsfeier einen Festsaal im Roten Rathaus, bekanntlich Regierungssitz der Stadt Berlin, gemietet, schmücken lassen und neben Speisen und Getränken auch reichlich

Personal bestellt. Dass die Hochzeitsfeier im Regierungssitz stattfinden konnte, hatte sicher mit der Parteizugehörigkeit der Eltern des Bräutigams zu tun.

Es gibt verschiedene Gründe, warum eine Absage erforderlich werden kann. Ein Faktor könnte die Zeit sein – vielleicht hat jemand Terminkollisionen oder unvorhergesehene Verpflichtungen, die ihn daran hindern, an einer Feierlichkeit teilzunehmen. Allerdings wäre das bei einer viele Wochen zuvor übermittelten Einladung kaum zu erwarten. Gesundheitliche Probleme könnten ein weiterer Grund sein, warum Gäste absagen. Eine plötzliche Krankheit oder ein Notfall kann die geplante Teilnahme an einer Hochzeit unmöglich machen. Dafür hätten Jan und Malin sicher Verständnis aufgebracht. In einigen Fällen könnten auch finanzielle Schwierigkeiten dazu führen, dass die Gäste die Einladung nicht annehmen wollen, weil sie kein angemessenes Geschenk kaufen oder sich nicht entsprechend kleiden können.

Was Jan und Malin jedoch am Tag des geplanten Festbanketts zu hören bekamen, ist mehr als unerhört: »Ich habe online ein neues Traumauto gekauft und muss notwendigerweise nach Wolfsburg fahren, um es in Augenschein zu nehmen.« – »Ich habe eine neue Kletterausrüstung gekauft und muss ins Allgäu fahren, um sie zu erproben! – »Ich habe mich gestern selbst verheiratet, kann also nicht kommen.« …

Noch fadenscheiniger hätten die Ausreden kaum ausfallen können. Und auf ähnlichen Niveau ging es weiter. Gegen Mittag war klar, dass keiner der geladenen Gäste die Absicht hatte, zu erscheinen. Unabhängig von den vorgeschobenen Gründen für die Absagen war es für das Brautpaar zweifellos eine enttäuschende und herzzerreißende Erfahrung, dass kein einziger der eingeladenen Gäste mit ihnen zusammen feiern wollte. Die Vorfreude und Aufregung, die Jan und Malin vor der Hochzeit empfunden hatten, wurden durch die plötzlichen Absagen erheblich gedämpft. Wie schwer es war, mit dieser Enttäuschung umzugehen, insbesondere da das Paar große Erwartungen an die Hochzeit und die Teilnahme der Gäste hatte, vermag ich gar nicht nachzuempfinden.

»Kann ich denn irgendwie helfen?«, fragte ich Malins Mutter.

»Ich weiß nicht, ob es etwas nützt, aber könnten Sie vielleicht bei einigen geladenen Gästen noch mal nachfragen, ob es wirklich nicht geht? Ich gebe Ihnen die Gästeliste … vielleicht kann ein neutraler Dritter noch jemanden umstimmen. Ich selbst bin so sauer, dass ich mich garantiert im Ton vergreifen oder sogar handgreiflich werden würde …«

Ich sagte selbstverständlich zu und machte mich gleich auf den Weg zur ersten Adresse. Und dort erntete ich statt Verständnis und Umdenken das blaue Auge, das mein Antlitz wohl noch ein paar Wochen verschönern wird. Der Mann, der mir die Tür öffnete, hörte sich kurz an, warum ich da war, und während ich noch redete, holte er aus und seine Faust landete in meinem Gesicht. Infolge des Schlages stürzte ich den Treppenabsatz hinunter.

Ich weiß nicht so recht, was das für ein Freundes- und Bekanntenkreis ist, der zu der Hochzeit eingeladen war, und angesichts dieses Erlebnisses habe ich starke Zweifel, ob ich mich näher damit beschäftigen will. Es mag ja sein, dass die Geladenen einer anderen politischen Partei anhängen oder dass sie vermögende Menschen nicht leiden können … aber dass mich Prellungen am ganzen Körper und dieses blaue Auge erwarteten, nur weil ich eine freundliche Einladung zum Hochzeitsmahl auffrischen wollte, hatte ich nicht erwartet.

Ich ließ mich vom Notarzt, den Passanten gerufen hatten, ins Krankenhaus bringen. Als klar war, dass ich keine Brüche oder inneren Verletzungen hatte, rief ich ein Taxi und ließ mich nach Hause fahren.

Die Mutter der Braut sah mich kommen und ins Haus humpeln. Sie eilte herbei und wollte natürlich wissen, was geschehen war. Ich berichtete in groben Zügen.

»Das tut mir unendlich leid, das konnte ich nicht ahnen …«, sagte sie. »Ich werde versuchen, das wieder gut zu machen.«

Ich versicherte ihr, dass es keine schweren Verletzungen gab und dass ich in ein paar Tagen wieder ganz der alte sein würde.

»Aber bitte, wenn es irgend geht,« meinte sie, »dann kommen Sie doch zur Hochzeitsfeier. Nehmen Sie ein Taxi, die Rechnung geben Sie mir dann. Oder sollen wir eine Limousine schicken?«

Ich zögerte, fühlte mich eigentlich nicht danach, an einer Feier teilzunehmen, aber in drei oder vier Stunden mochte sich mein Zustand ja schon gebessert haben. Schmerzmittel hatte man mir im Krankenhaus mitgegeben. »Wenn ich kommen kann, dann nehme ich ein Taxi.«

Jan und Malin haben mich dann persönlich am Eingang zum Festsaal begrüßt und sich ganz herzlich für meinen Einsatz bedankt. An den Tischen im Festsaal saßen fröhliche Gäste, darunter nun auch ich. Ich wollte erst nicht ganz nach vorne, als mich Malin an ihren Tisch einlud, aber dann dachte ich mir, dass das blaue Auge zwar noch schmerzt, mich aber nicht außer Standes setzt, eine Feier zu genießen. Und da von den ursprünglich vorgesehenen Gästen niemand mehr zu erwarten war, nahm ich dann ganz gerne am Tisch des Brautpaares Platz.

Es wurde ein sehr fröhlicher und rundum gelungener Abend. Die bunt gemischte Gästeschar bestand zum großen Teil aus Menschen, die das Brautpaar überhaupt nicht persönlich gekannt hatten, darunter viele Gäste, die ganz offensichtlich aus weniger vermögenden Bevölkerungsschichten stammten. Diese waren, wie ich später erfuhr, auf Kosten der Gastgeber mit angemessener Kleidung ausgestattet worden. Jan und Malin hatten ihre

Geschwister ausgeschickt, um ringsum auf den Straßen und Plätzen und in einer nahe gelegenen Siedlung, die als sozialer Brennpunkt gilt, Menschen zum Hochzeitsmahl einzuladen.

Einer der Gäste, der in meiner Nähe saß, musste allerdings gerade eben das Fest verlassen, denn er hatte in Jogginghose und Schlabber-T-Shirt Platz genommen. Vermutlich kennen Sie solche Zeitgenossen, die in der Philharmonie mit Strandkleidung auftauchen, ohne auch nur einen Gedanken daran zu verschwenden, dass der festliche Rahmen des Konzertes auch dadurch entsteht, dass sich das Publikum festlich kleidet. Ich weiß ja nicht, was in solchen Köpfen vorgeht … vermutlich sehr wenig. Dieser Mann nun hatte es nicht für nötig gehalten, sich wenigstens wie alle anderen, die keine passenden Kleidungsstücke besaßen, damit ausstatten zu lassen. Als er des Saales verwiesen wurde, schaute er recht betrübt den Tabletts mit köstlichen Speisen hinterher, die gerade aufgetragen wurden.

»Lieber drinnen mit blauem Auge und Prellungen das Fest genießen als draußen in der Finsternis mit leerem Magen heulen und frieren…«, bemerkte meine Tischnachbarin, der ich vor ein paar Minuten erzählt hatte, dass ich wegen meiner Verletzungen beinahe die Einladung ausgeschlagen hätte.

ix

EIN ALTER BRAUCH AUS GUTEM GRUND

Das sei unfair und gemein, dass die Mädchen draußen vor der Tür bleiben mussten, sagen Sie? Es könne doch mal vorkommen, dass einem solch ein Missgeschick unterläuft?

Ich will Ihnen gerne etwas ausführlicher erläutern, was sich kürzlich ereignet hat. Vielleicht ändern Sie dann ja sogar ihr vorwurfsvolles Urteil. Die Sitten und Gebräuche in unserem Tal dürften Ihnen kaum bekannt sein, denn unsere Gegend ist, soviel ich weiß, weltweit die einzige, in der sol-

che Rituale anlässlich einer anstehenden Hochzeit noch bekannt sind und zelebriert werden.

Also: Lior und Meriam wollten heiraten. So weit, so gut – aber das geht bei uns eben nicht so vonstatten, wie Sie es vielleicht kennen: Termin beim Standesamt buchen, Ja sagen und unterschreiben, fertig. Anschließend je nach Glaube oder Tradition noch eine kirchliche Hochzeit oder eben nicht, aber fast immer folgt eine Feier mit Freunden und Familie.

Bei uns dagegen ist es bis heute üblich, dass der Bräutigam die Braut in ihrem Elternhaus abholt und vom Brautvater freikauft. Das klingt jetzt für Sie vielleicht vollkommen daneben, denn Menschen verkauft man nicht und obwohl es schön ist, wenn der Brautvater mit dem Lebensgefährten seiner Tochter einverstanden ist, kann ein Paar natürlich auch ohne diese Zustimmung den Schritt in eine gemeinsame Zukunft gehen. Aber wie schon gesagt: Bei uns hält man sich gerne noch an solche Rituale, obwohl sie juristisch, das wissen wir alle, keine Gültigkeit haben. Erst nach Abschluss der Verhandlungen zieht dann der Bräutigam mit seiner Braut in feierlichem Zug, bei dem das Paar von einer Gruppe traditionell geschmückter Jungfrauen begleitet wird, zum Hochzeitssaal. Das gehört zum festlichen Rahmen dazu. Die Mädchen trugen früher Öllampen mit sich, um den Weg zu erleuchten, heutzutage dürfen auch elektrische Kerzenimitate verwendet werden. Immerhin sieht deren Leuchten so gut wie echte Flammen aus, wenn man nicht ganz nah dran ist.

Das Ganze ist eine Formsache, eine Tradition, ein Ritual … natürlich ist man sich schon vorher einig, dass geheiratet werden darf und wird. Sonst hätte man ja weder den Festsaal bestellt und geschmückt, noch die Jungfrauen als Begleitung eingeladen. Aber ich meine, dass doch mehr in diesem Brauch steckt, als eine bloße Pflichtübung. Ich will versuchen, Ihnen das zu veranschaulichen.

Der Brautvater, also Meriams Papa, verhandelte sehr ausführlich mit Lior. Er erzählte von den Wohltaten, die er seinen Töchtern und insbesondere Meriam hatte angedeihen lassen, damit sie so liebenswert wurde, wie sie der Bräutigam nun kennen gelernt hatte.

Je ärmer ein Bräutigam ist, umso schneller sind die Verhandlungen abgeschlossen. Wo nichts zu holen ist, braucht man und kann man auch nicht feilschen. Ein sehr vermögender Bräutigam, der zudem eine besonders liebreizende Braut heimführen will, kann allerdings schon einmal die halbe Nacht durch die Verhandlungen mit dem Brautvater aufgehalten werden. Außerdem geht es bei dem Palaver auch darum, dass der Bräutigam auf überzeugende Weise darstellen muss, was er im Leben schon erreicht hat, welche Zukunftspläne er hegt, warum ausgerechnet er der richtige Mann für die Tochter ist und was ihm an dem Mädchen so wichtig und liebenswert ist, dass er keine andere Wahl treffen kann.

Sehen Sie – das ist es, was ich meine, wenn ich sage, dass in diesem Hochzeitsbrauch mehr steckt als eine verstaubte Tradition. Ein junger Mann muss sich schon sehr ausführlich damit auseinandersetzen, warum er ausgerechnet diese junge Frau liebt und lieben wird … was zeichnet sie aus? Was schätzt er an ihr? Gibt es auch etwas, was ihn stört? Wenn ja, wie will er mit dieser Störung umgehen? Ist er sich sicher, dass sie ihn richtig kennt und einschätzt und tatsächlich liebt und weiter lieben wird, wenn der Alltag da ist? Haben beide Vorstellungen von der Zukunft, die zusammenpassen? Und so weiter …

Ob Sie es glauben oder nicht: Bei uns halten Ehen so gut wie immer bis ans Lebensende eines der beiden Eheleute. Niemand heiratet hier überstürzt oder aus einer flüchtigen Verliebtheit heraus. Und ich finde, das ist auch gut so. Falls Sie anderer Meinung sind, ist das selbstverständlich Ihr gutes Recht und nicht zu beanstanden.

Lior verhandelte bis kurz vor Mitternacht. Meriams Vater machte es ihm nicht leicht … er ließ den jungen Mann lange zappeln, bildlich gesprochen natürlich, bevor er schließlich zustimmte und damit das Zeichen zum Aufbruch gab.

Und dann stellte sich heraus, dass nur die Hälfte der Jungfrauen es für nötig gehalten hatte, in ihre künstlichen Kerzen neue Batterien einzusetzen. So eine Batterie, das wissen wir aus Erfahrung, reicht ungefähr für 20 Stunden Dauerlicht. Es muss also niemand Reservebatterien mitnehmen, es reicht völlig, vor dem Aufbruch zu einem solchen Hochzeitszug für frische Stromspeicher zu sorgen. »Wir hatten nicht damit gerechnet, dass es länger als eine halbe Stunde dauern würde …« versuchte eine der jungen Damen sich zu rechtfertigen.

Und genau das war der Grund, warum das Brautpaar die lichtlosen Jungfrauen dann nicht zur Feier zuließ. Das hieß nämlich, da bei Brautleuten von geringem Wert keine längere Verhandlung erfolgt, dass sie Lior und Meriam nicht zu schätzen wussten, dass ihnen die Hochzeit der beiden eigentlich schnurzpiepegal war. Es ging nicht so sehr um die ausgefallenen Leuchten, sondern schlicht um die Frage des Brautpaares und genauso übrigens der Eltern von Lior und Meriam: »Für wen haltet ihr uns?«

Ich kann mir vorstellen, dass Sie jetzt vielleicht etwas besser verstehen, warum die Tür des Festsaales verschlossen blieb, als die jungen Damen dann endlich von ihrem Umweg nach Hause, um frische Batterien in die Lampen zu setzen, an die Tür klopften. Wenn man unsere Traditionen und deren Hintergrund nicht kennt, sieht das sicher nach einer reichlich übertriebenen Reaktion aus. Aber Sie wissen ja jetzt Bescheid.

x

IST DER VERRÜCKT GEWORDEN?

Manche Gelegenheit im Leben kommt nur einmal. Wenn man dann nicht richtig reagiert, hat man sie verpasst und wird nie wieder etwas Gleichwertiges erleben. Das Problem, wenn es denn eins gibt, ist lediglich, dass man nie weiß, ob der Moment, in dem man sich befindet, nun genau diese einmalige Chance ist.

Lothar Morgenstern war seit vierzig Jahren im Geschäft mit Grundstücken und Immobilien. In jungen Jahren nach dem Studium war er Angestellter eines Grundstückmaklers gewesen, dann machte er sich mit 32 Jahren selbstständig. Ein Erfolg reihte sich an den anderen. Das Vermögen wuchs, Morgenstern engagierte sich für die Kultur in seiner Heimatstadt und wurde als zuverlässiger und bodenständiger Kaufmann geschätzt.

Letzte Woche machte dann plötzlich ein Gerücht die Runde, das alle, die Lothar Morgenstern persönlich kannten, zunächst für blanken Unsinn hielten. Er habe, erzählte man sich, sämtliche Immobilien und Grundstücke, die gerade in seinem Besitz waren, innerhalb von zwei Tagen verkauft, noch dazu habe er Hals über Kopf seine Villa samt Grund und Boden veräußert. Alles, was er besaß, einschließlich der Rücklagen, sei in Windeseile zu liquiden Mitteln gemacht worden. Dass an dieser Geschichte etwas wahr sein sollte, war für alle, die Lothar Morgenstern kannten, vollkommen undenkbar.

Als sich schließlich durch eine Indiskretion eines Angestellten der lokalen Bankfiliale herausstellte, dass das Gerücht kein Gerücht, sondern Tatsache, war, stand für Lothar Morgensterns Umgebung fest, dass er den Verstand verloren haben musste. Ein dreistelliger Millionenbetrag im oberen Drittel der Dreistelligkeit war auf ein Bankkonto in Tschechien überwiesen worden, hatte der indiskrete Angestellte einem befreundeten Journalisten beim abendlichen Kneipenbesuch erzählt.

Morgenstern selbst äußerte sich nicht öffentlich, er sei inzwischen mit unbekanntem Ziel verreist, hieß es in der Presse.

Heute schließlich stand in einer sächsischen Tageszeitung, dass Lothar Morgenstern, denn um ihn musste es sich zweifellos bei dem erwähnten Kaufmann handeln, keineswegs verrückt, sondern schlau und schnell gewesen war:

Ein Kaufmann aus Deutschland hat im tschechischen Teil des Erzgebirges Land für 689 Millionen Euro erworben. Auf Nachfrage unserer Zeitung erklärte er, dass dort im Untergrund 3.000 Tonnen Indium lagern und er die Absicht habe, das Metall auf eigene Kosten fördern zu lassen. Bei einem derzeitigen Preis von 990 Euro pro Kilogramm Indium dürfte die Investition des Deutschen eine gute Idee gewesen sein. xi

NASS BIS AUF DIE HAUT

Wir standen am 11. Juni 2019 vor dem Eingang zum Admiralspalast und warteten auf den Einlass. Wir, das sind die beste aller Ehefrauen und ich. Kris Kristofferson gab eins seiner seltenen Konzerte in Berlin … dass es sein letzter Auftritt hierzulande sein würde, wussten wir seinerzeit noch nicht. Am Himmel zogen immer dunklere Wolken über unsere Köpfe hinweg … es war absehbar, dass es demnächst einen Regenguss geben würde. Vor uns in

der wartenden Menge beobachteten wir zwei Damen mittleren Alters, die darauf vorbereitet waren. Eine der beiden hatte einen Stockschirm bei sich, die andere trug am Handgelenk einen Taschenschirm von der kompakten Größe, die ich aus meiner Kindheit noch als *Knirps* in Erinnerung hatte. Meine Mutter pflegte bei allen passenden und unpassenden Gelegenheiten die Werbung zu zitieren: »Sicher ist sicher. Immer mit Knirps!« Worauf ich meist ergänzte: »Aber nur mit dem roten Punkt!« Der unterschied nämlich das Original von ähnlichen zusammenfaltbaren Schirmen. Aber das nur am Rande, es hat ja nichts mit dem Erlebnis zu tun, von dem ich erzählen will.

Die Dame vor uns in der Schlange hatte ihren Taschenschirm zusätzlich zum Futteral auch noch mit einer Plastiktüte, dem Anschein nach einem Frischhaltebeutel, umhüllt, worauf ich mir zunächst keinen Reim machen konnte. Als es dann tatsächlich zu regnen begann, gingen rings herum die Schirme, Knirps oder Nichtknirps, auf. Jedoch hatten nicht alle an einen Regenschutz gedacht, manche Menschen wurden notgedrungen nass. So auch wir.

Die beiden Damen standen unter dem Stockschirm dicht beisammen. Der Knirps baumelte in seiner Plastiktüte am Handgelenk.

»Entschuldigen Sie bitte«, sprach ich die Dame an, »wären Sie bitte so freundlich, uns Ihren Schirm auszuleihen, bis wir im Konzerthaus sind?«

»O nein, das geht nicht!«, kam die Antwort. »Der ist noch ganz neu, der soll nicht nass werden.«

Ich glaubte, mich verhört zu haben. »Ein Regenschirm, der nicht nass werden darf? Entschuldigen Sie, aber das ist doch der Zweck eines Schirms.«

»Nein, der Schirm ist ganz neu.«

Sie drehte sich demonstrativ weg. Wir waren beide fassungslos. Und saßen dann nass bis auf die Haut im dessen ungeachtet großartigen Konzert.

xii

DER ZUGANG ZUM BUND DER KÜNFTIGEN

Es ist ja tatsächlich so, dass es uns Menschen meist schwerfällt, ein Geschenk anzunehmen, ohne vorher etwas dafür getan zu haben. Wir glauben, wir müssten zuvor oder hinterher etwas tun, womit wir die empfangene Gabe oder Wohltat »vergelten« können.

Etwas Gutes einfach so anzunehmen, gelingt uns eigentlich nur als Säuglinge und Kleinkinder. Da wird uns (hoffentlich!) Nahrung und Wärme und Wohlbefinden geschenkt,

ohne dass wir irgend etwas geleistet hätten. Selbst die Geburt, oder noch früher das gezeugt werden, ist ja nicht unser Verdienst.

Doch dann bringt man uns bei, dass man brav »danke« sagen muss, wenn Tante Erna ein Geschenk mitbringt, dass wir das Spielzeug aufräumen müssen, wenn wir später ein Eis essen möchten. In der Schule gab es zu meiner Zeit als Schüler noch gute Noten für gute Leistung und schlechte Noten, wenn die gute Leistung fehlte. Inzwischen ist man der Meinung, alle sollten sich gleichwertig fühlen können, daher differenziert man die Aufgaben in der Schule so lange, bis auch faule oder dumme Kinder gute Noten bekommen. Doch das ist eine andere Geschichte, die mit dieser hier nichts zu tun hat. Es gibt ja trotzdem noch Lebensbereiche außerhalb der Schule, wo Leistung und Verdienst etwas zählen und Auswirkungen haben.

Insofern verstehe ich, warum relativ wenige Bewerber es schaffen, in unseren Kreis aufgenommen zu werden. Die Voraussetzung ist eine ganz simple: Man muss wissen und anerkennen, dass man sich die Mitgliedschaft weder vorher verdient haben, noch während der Mitgliedschaft den Verbleib in unserem Kreis erarbeiten kann. Wir sind nämlich auf genau diese Haltung angewiesen, sonst könnten wir nicht das bewirken, was der Zweck unseres Bündnisses ist.

Nun wollen Sie vermutlich angesichts der ausgedehnten Vorrede wissen, um welchen Bund es sich eigentlich handelt, aber ich weiß nicht so recht, ob ich Ihnen das verständlich machen kann. Ich will es gerne versuchen.

Wir werden, um es möglichst kurz zu fassen, eines Tages diejenigen sein, denen die

Regierung anvertraut wird. Eine solche Aussicht lockt viele an, die davon hören. Die kommen dann und fangen an, vorzuweisen, was sie alles geschafft haben, was sie qualifiziert und besonders auszeichnet. Dass sie beispielsweise sehr klug sind, äußerst leistungsfähig, redebegabt. Und nicht wenige erklären, wie vermögend sie sind, welche Besitztümer sie ihr eigen nennen, welche Wertpapiere und Investitionen sie haben. Das sind diejenigen, die in der Regel schnell wieder umdrehen und das Interesse an uns verlieren, denn sich davon zu trennen, will ihnen nicht gelingen, so gerne sie auch zu uns gehören möchten.

Karl Leiserfluss zum Beispiel. Der Mann meinte, ganz außerordentliches und ganz hervorragendes Vorwissen mitzubringen. Als ihm begreiflich gemacht wurde, was übrigens in seinem Fall ziemlich lange dauerte und schwierig zu vermitteln war, dass er mit seinem vermeintlichen oder tatsächlichen Wissen keinerlei Vorteile genießen würde, wählte er dann lieber einen anderen Lebensweg. Er ist öfter mal in Fernsehsendungen zu Gast, in denen die Teilnehmer auf ziemlich absehbare Fragen allerlei törichtes, vor allem aber bedeutungsloses Geschwätz von sich geben dürfen. Journalisten sind ja bekanntlich Leute, die fragen, ohne Antworten zu bekommen und Politiker sind Leute, die antworten, ohne gefragt zu sein. Norman Mailer hat das mal so treffend formuliert. Karl Leiserfluss passt als Musterbeispiel zu diesem Zitat.

Aber ich schweife schon wieder ab … verzeihen Sie. Also: Nur diejenigen, die sich nicht auf ihren Besitz oder ihr Wissen oder ihr Können verlassen, sei es nun eingebildet oder wirklich vorhanden, werden in der Lage sein, nicht nur die Einladung in unseren Bund zu vernehmen, sondern auch tatsächlich hineinzugelangen. Es ist umso schwerer, je mehr jemand mit sich herumschleppt … aber unmöglich ist es selbst für sehr vermögende und sehr gebildete oder sehr begabte Menschen nicht. Sonst würden sie ja gar nicht eingeladen.

Ihnen mehr zu enthüllen bin ich heute nicht befugt. Leider. Ich verstehe ja Ihre Neugier nach all diesen Informationen, aber sehen Sie es einfach als Chance, einmal gründlich darüber nachzudenken, ob es Ihnen gelingen wird, zu uns zu stoßen, wenn Sie die Einladung bekommen werden. Morgen oder in vier Jahren, das weiß ich nicht. Das liegt nicht in meiner Hand. Ich bin nur gekommen, um Ihnen einen rechtzeitigen Gedankenanstoß zu geben. Und den haben Sie jetzt. Ich wünsche Ihnen gutes Gelingen!

xiii

MANDYS T-SHIRT

Nennen wir sie Mandy, um ihre wahre Identität etwas zu verschleiern. Sie könnte auch anders heißen, aber Mandy passt schon ganz gut. Sie war nicht die hellste Kerze auf dem Kuchen. Das merkte sie selbst nicht, sondern sie war vollkommen von sich überzeugt und davon, dass sie immer alles richtig machte.

Zum Beispiel die Sache mit dem ziemlich geschmacklosen T-Shirt. Es war vermutlich ihr liebstes Kleidungsstück in jenen Monaten, vielleicht sogar lebenslang. Wir hatten ja nur etwa ein halbes Jahr Kontakt miteinander, als ich sie in der Erwachsenenbildung unterrichtete. Oder zu unterrichten versuchte, denn meist war Mandy mit ihrem Mobiltelefon beschäftigt. Erwachsene kann man ja nur bitten, dem Unterricht zu folgen, verbieten darf man ihnen als Lehrer nichts. Also ließ ich Mandy gewähren, solange sie das Telefon stumm geschaltet hatte oder ihre Ohrstöpsel benutzte. An manchen Tagen fragte ich mich, warum Mandy eigentlich überhaupt den Unterricht besuchte, denn es wurden keine Anwesenheitslisten geführt. Am Ende des Halbjahres bekamen alle, die sich registriert hatten, eine Teilnahmebescheinigung. Leistungen oder Anwesenheit wurden nirgends notiert, so wollte es nun mal unsere Stadtregierung, die kürzlich auch die Prüfungen zum mittleren Schulabschluss an den ganz normalen Regelschulen abgeschafft hatte. Unsere Abendschule sollte eine integrative Wirkung auf die Gesellschaft ausüben … wodurch, das war uns als Lehrerkollegium allerdings schleierhaft.

Doch nun genug Politik und zurück zu Mandy.

Das T-Shirt war, Sie ahnen es schon, pinkfarben und zeigte auf dem Rücken eine übertrieben auf niedlich gezeichnete Katze in Bonbonfarben, umgeben von viel zu bunten Blumen und knallroten Herzen. Von vorne betrachtet war das Hemd nicht ganz so furchtbar. So gut wie jeden Tag kam Mandy mit dieser Beleidigung für die Augen in die Klasse. Bis dann eines Tages bei meiner Kollegin Rieke im Naturwissenschaftsunterricht Mandy mit dem Mobiltelefon beschäftigt war, anstatt zuzuhören, wie man mit einem Bunsenbrenner umgeht. Als sie dann die Flamme anzündete, hielt sie das Brennerrohr schräg auf sich selbst gerichtet, um, wie sie hinterher erklärte, »zu sehen, ob das Gas schon kommt.« Natürlich kam das Gas, und natürlich sah sie es nicht. Und sie sah auch nicht die Spitze der rauschenden Flamme. Sie merkte aber schnell, dass ihr T-Shirt unterhalb der linken Schulter heiß wurde und verschmorte. Die Geschichte ging glimpflich aus, weil meine Kollegin das Geschehen zum Glück recht schnell bemerkte und den Haupthahn abstellte, bevor sie Mandy eine Löschdecke überwarf.

Das T-Shirt war ruiniert, es gab drei hässliche Brandlöcher. Ein Fall für den Mülleimer. Dachten alle. Am nächsten Tag erschien Mandy in einem glitzernden hautengen Oberteil zum Unterricht, das andere Frauen und Mädchen höchstens für einen Besuch in einer Diskothek oder einem Club anziehen würden.

Aber schon am Tag darauf hatte sie das pink-bunte Hemd auf Mandy-Art repariert. Sie hatte einen Flicken, dem Augenschein nach eine Art Leinenstoff, über die beschädigte Stelle genäht. Die Farbe des Flickens war ähnlich, aber eben nicht identisch. Es sah ziemlich dilettantisch aus, was aber nicht viel Schaden anrichten konnte, da das ganze Kleidungsstück ja eine Illustration von Geschmacklosigkeit war. In der Pause hörte ich zufällig mit, dass Mandy eine ungetragene nagelneue Bluse zu Hause gehabt, diese zerschnitten und dann das Stück Stoff auf ihr Lieblingshemd genäht hatte.

Das Konstrukt hielt nicht lange, der Flicken riss schon vor Unterrichtsende ab und durch die Nadelstiche des Flickens riss der Stoff des T-Shirts dabei ein Stück weit ein. Der Schaden war nun umso größer. Mandy war eben nicht das schärfste Messer in der Besteckschublade.

JUSTINS FAHRRADREIFEN

Die Episode erinnerte mich, warum kann ich gar nicht sagen, an Justin, ein Abendschüler des Vorjahres. Er hatte mit Mandy nichts gemein, war keineswegs auf den Kopf gefallen oder in irgend einer Weise nachlässig. Es muss ein reiner Zufall sein, dass mir nach der Mandy-Episode Justin in den Sinn kam.

Er kam stets mit dem Fahrrad zur Schule. Eines Abends, als wir eine Klausur vorbereiteten, verspätete sich

Justin um rund 30 Minuten. Er entschuldigte sich: »Tut mir leid, war unterwegs, plötzlich entweicht die Luft. Nichts zu entdecken, was eingedrungen wäre. Fahrrad vor einem Laden angeschlossen und mit Bus gekommen.«

Ich kannte seine eigentümliche, etwas atemlos wirkende Ausdrucksweise inzwischen. »Hoffentlich können Sie das reparieren?« erwiderte ich.

»Klaro, hab' immer Flickzeug dabei und Schlauch in der Schublade. Morgen ist Fahrrad repariert.«

Am nächsten Abend kam er wieder zu spät. »Mantel demontiert, neuen Schlauch eingesetzt, aufgepumpt. Alles bestens. Unterwegs entweicht wieder die Luft.«

»Bei einem nagelneuen Schlauch? Das ist aber schon ungewöhnlich. Da muss doch was mit dem Mantel verkehrt sein,« vermutete ich.

»Alles abgesucht, nichts gesehen.«

»Das ist dann aber reichlich Pech auf einmal. Vielleicht wollen Sie morgen zur Klausur lieber gleich den Bus nehmen?«

»Denk drüber nach, erst mal morgen früh alles untersuchen.«

Justin kam pünktlich zur Klausur, und zwar mit dem Bus, wie er mir dann nach der Stunde mitteilte. Er musste sich nämlich erst einen neuen Mantel für das Rad besorgen. Er hatte alles wieder demontiert und dann schließlich gesehen, dass ein Drahtstück innen aus dem Mantel herausragte. Er rief in der Fahrradwerkstatt an und erfuhr, dass sein Reifen, was an der eingestempelten Nummer abzulesen war, inzwischen 13 Jahre alt war.

»Vulkanisiertes Gummi verliert Weichmacher, wird porös, hält Drahtgeflecht nicht mehr am Platz, Draht geht kaputt, zersticht Schlauch«, erläuterte er mir.

Ich wusste bis zu diesem Tag gar nicht, dass im Fahrradreifen ein Drahtgeflecht verborgen ist, denn wenn an meinem Fahrrad etwas nicht in Ordnung ist, bringe ich es in die Fachwerkstatt, wo es auch jährlich zur Inspektion abgegeben wird. Ich bin nun mal Lehrer und nicht Mechaniker.

Immerhin kam Justin in diesem Kurs nie wieder zu spät, denn er hatte nicht nur zwei neue Schläuche, sondern auch zwei neue Mäntel besorgt und montiert.

Ich lasse mir von meinen Kursteilnehmern gerne zum Abschluss des Semesters etwas in ein Erinnerungsalbum schreiben, soweit sie das möchten. Justins Eintrag sieht so aus: »Es montiert niemand einen neuen Schlauch in alte Mäntel; sonst platzt der junge Schlauch wegen der Bosheit des alten Reifens und verliert alle Luft, und die Mäntel sind sowieso verloren. Nein, junge Schläuche muss man in neue Reifen montieren.«

Der Eintrag erinnert mich an irgendetwas, was ich mal gelesen habe … aber ich komme jetzt nicht darauf, wo und was das war. Haben Sie einen Tipp?

xiv

DER ERWIN SPÜRT SO WAS

Dass Erwin, mein bester Freund, ein Gespür dafür hat, was in den Menschen vor sich geht, die er Tag für Tag beobachtet, hat mit seinem Beruf zu tun. Oder ist es andersherum? Hat Erwin den Beruf gewählt, weil er besonders empfindsam für andere Menschen ist? Vermutlich ist diese Überlegung so müßig wie die im Volksmund  gern zitierte Frage, ob die Henne vor dem Ei oder das Ei vor der Henne da war.

Erwin ist Objektschützer in Zivil. Er achtet im Museum für historische Kultur darauf, dass die unschätzbar wertvollen Kunstschätze nicht beschädigt oder gar entwendet werden. Erwin wäre machtlos, wenn eine Horde Klimaparanoiker, die mit Farbe um sich spritzen, das Museum stürmen würden, aber so etwas ist zum Glück hier noch nicht vorgefallen. Es gab jedoch durchaus schon Versuche von Besuchern, hinter die markierten Absperrungen und in unmittelbare Nähe der Kunstschätze zu gelangen. Erwin und seine Kollegen sind bisher immer schnell genug gewesen, um das zu vereiteln. Es gibt auch uniformiertes Wachpersonal, aber letztendlich sind die Mitarbeiter in Zivil meist diejenigen, die als erste reagieren müssen. Es ist ja kein Wunder, dass niemand sich danebenbenimmt, solange der Uniformierte in der Nähe ist.

Erwin hat nun dieses Gespür, von dem eingangs die Rede war. Das hilft ihm, jemanden, der etwas Ungutes im Sinn hat, zu bemerken und sich dann unauffällig in dessen Nähe aufzuhalten. Genauso bemerkt er aber auch, wenn Menschen gelangweilt, interessiert oder von einem Kunstwerk besonders ergriffen sind. Im Museum gibt es zum Beispiel ein Gemälde von Dierick Bouts, das den Titel *Christus im Haus des Pharisäers Simon* trägt. Es stammt aus der Zeit zwischen 1450 und 1475. Ich finde das Bild nicht besonders ansprechend, da kniet rechts ein Mönch mit Tonsur in seiner Kutte, Christus mit Mittelscheitel und langem Haar trägt ein schwarzes Gewand und der Pharisäer Simon, der neben ihm sitzt, erinnert mich an einen Schweizer Bergbauern. Die Sünderin, die Christus die Füße mit ihrem Haar trocknet, ist ziemlich blond. Das Geschirr auf dem Tisch sieht aus wie Steingut, das erst rund 1900 Jahre nach der dargestellten Begebenheit erfunden wurde. Aber bitte, bevor sie mich jetzt steinigen … ich bin kein Kunstgelehrter. Ich sage nicht, dass es ein schlechtes Gemälde wäre, das steht mir absolut nicht zu und sei ferne. Es ist nur so, dass mir das Bild nichts sagt. Warum auch immer, da bin ich genauso überfragt wie bezüglich Ei und Henne, es bleiben immer wieder Besucher ausgerechnet vor diesem Bild stehen, offensichtlich sehr ergriffen. Innerlich bewegt. Sagt jedenfalls Erwin. Am Abend sitzen wir gerne bei einem Bierchen beisammen und er erzählt, was er so alles beobachtet und erlebt hat. Und vor diesem Bild, das hat Erwin schon oft in den letzten Jahren beteuert, finden oft ergreifende Szenen statt. In den Menschen, die er beobachtet. Vielleicht kann auch nur er so etwas sehen oder erspüren. Gestern, nachdem wir das zweite Bierchen bestellt hatten, erzählte er mir von einem solchen Erlebnis:

»Ich war beim Rundgang schon vorher auf diesen ärmlich gekleideten älteren Mann aufmerksam geworden, der durch das Museum ging, als suche er nach etwas bestimmtem. Als ich dann in den Dierick-Bouts-Saal komme, steht der Mann mit gebeugtem Haupt und Tränen in den Augen vor *Christus im Haus des Pharisäers Simon*. Ich weiß, dass du das Bild nicht magst, aber da steht er nun mal und weint. Daneben steht einer, den kennst du vom Hörensagen, ich will jetzt ja keinen Namen nennen, aber er ist der Abt vom Kloster drüben in Steinmannshausen. In voller Montur, stolz erhobenen Hauptes. Und den höre ich murmeln: ›Dass man solche Leute hier hereinlässt ... skandalös.‹ Es war sonst niemand im Raum außer den beiden und mir, und ich stand etwas abseits, war noch nicht bemerkt worden. Also war klar, wen der Abt meinte.«

»Woher kennst du denn den Abt?« fragte ich.

»Der kommt regelmäßig mit den jungen Leuten, die ins Noviziat aufgenommen werden sollen. Das sind ja heutzutage nicht mehr viele und daher kommt das seltener vor als vor ein paar Jahrzehnten, als ich noch jung, schön und neu im Museum war. Heute bin ich ja immer noch schön und im Museum, immerhin.«

Ich war neugierig, das konnte ja nicht die ganze Geschichte sein. »Und weiter? Was dann?«

»Der traurige alte Mann verbeugt sich vor dem Bild, als er der Abt sich so abfällig äußert. Er flüstert noch ›Vergib mir bitte‹, dann geht er zügig weiter. Ich bin sicher, dass er nicht den Abt ansprach mit seiner Bitte. Ich räuspere mich und der Abt dreht sich zu mir um. Ich sehe wohl ordentlich genug für seinen Geschmack aus, denn er sagt: ›Haben sie diese Jammergestalt eben bemerkt? Die Luft riecht immer noch nach seinen Ausdünstungen. Wer weiß, wann der sich zuletzt gewaschen hat. Gott sei Dank bin ich nicht solch ein Herumtreiber, der sich in Lumpen hüllt und hier im Museum aufwärmt. Mit meinen Steuern wird auch dieses Museum finanziert, es wäre schon angenehm, wenn man ein wenig darauf achten würde, wer hier so alles ein- und ausgeht.‹«

»Und?«, fragte ich ungeduldig. »Und was hast du gesagt?«

Erwin lächelte und trank einen Schluck vom frischen Bierchen, das die Kellnerin inzwischen vor uns hingestellt hatte. Dann fuhr er fort: »Nichts weiter. Ich erinnere den Abt daran, dass der Eintritt frei und das Museum für jedermann zugänglich ist, solange derjenige sich an die Hausordnung hält. Dann lasse ich ihn stehen und gehe weiter.

Als ich ein paar Minuten später am Ausgang stehe, kommt der alte Mann vorbei. Seine Haltung, sein Gesichtsausdruck, einfach alles wirkt, als sei er eben eine Zentnerlast losgeworden. Statt Tränen in den Augen sehe ich ein dankbares, glückliches Gesicht.

Ein paar Minuten später geht auch der Abt. Gebeugt, mürrisch, verkniffene Mine, durch und durch unglücklich. Du weißt ja, dass ich da so ein Gespür habe. Dreimal darfst du raten, wenn ich mit einem von den beiden tauschen müsste, welcher das dann wäre.«

Erwin spürt so was. Und in diesem Moment, weil Erwin so lebendig erzählte, konnte ich es beinahe auch ein wenig spüren.

xv

POLNISCHES FEUERWERK

Gerda investierte 2020 und 2021 ein kleines Vermögen, um dadurch ein viel größeres Vermögen zu schaffen und unterzubringen. Sie hatte nämlich Glück gehabt, ganz großes Glück. Aus ihrem recht bescheidenen Holzlager war ein geradezu gigantisches Lager geworden, mit dem sie innerhalb weniger Wochen ihren Lebensunterhalt für etliche Jahrzehnte, ohne sich weiter abrackern zu müssen, gesichert hatte.

Schuld daran, wenn man bei so viel Glück von Schuld reden möchte, war der klitzekleine Borkenkäfer. Und natürlich die Monokultur, die vor Jahrzehnten von den seinerzeit Verantwortlichen angelegt worden war.

Zu dem Glück, dass der Borkenkäfer ungefähr 79 Prozent der Waldfläche im Anhaltinischen Teil des Harz vernichtet hatte, kam das Glück, wenn man bei solchem Pech von Glück reden möchte, dass mehrere Firmen, die Holzwirtschaft betrieben hatten, im Konkurs gelandet waren. Gerda hatte deren Maschinenpark, aus einem Bauchgefühl heraus, wie sie sagte, für einen sprichwörtlichen Apfel und ein ebenso sprichwörtliches Ei aufgekauft und war dadurch in der Lage, in Rekordzeit mithilfe rumänischer und bulgarischer Arbeiter, die sich für die ausgerechnet zu diesem Zeitpunkt vom Staat verhängten Covid-Panikmaßnahmen nicht interessierten, die Holzernte einzubringen.

Die Lagerflächen für das Holz hatte sie für einen Spottpreis für 99 Jahre pachten können. Damit waren zwar ihre liquiden Mittel aufgebraucht, aber sie wusste nun, dass sie fortan keinen Finger mehr rühren musste und bis ins hoffentlich hohe Alter reichlich versorgt sein würde. Endlich konnte sie die Füße hochlegen und den Wohlstand genießen, von dem sie immer nur geträumt hatte.

Am 31. Dezember 2021 fuhr Gerda in ihrem Pick-Up-Truck nach Bad Suderode, um eine Freundin abzuholen, mit der sie Silvester feiern wollte. Kurz vor dem Ortseingang waren ein paar Halbwüchsige damit beschäftigt, illegales Feuerwerk aus Polen auszuprobieren. Eine Rakete durchschlug die Seitenscheibe des Fahrzeugs und explodierte in der Kabine. Gerda soll, so die Polizei, augenblicklich tot gewesen sein.

xvi

HALLO, KÖNNEN SIE MICH HÖREN?

Wie hätte ich das denn wissen können? Wissen sollen? Müssen? Nun ist alles zu spät, wirklich alles. Ich hatte mein Leben lang geglaubt, dass mit diesem Moment alles vorbei sein würde … und nun stelle ich fest, dass genau das Gegenteil der Fall ist. Das endlose Grauen beginnt, und einen Ausweg wird es nicht mehr geben, soweit ich das verstehen kann.

Niemand kann mir nachsagen, ein schlechter Mensch gewesen zu sein. Ich habe mich immer darum bemüht, gerecht zu sein. Ich habe mich keines Verbrechens schuldig gemacht. Ich habe niemanden schlecht behandelt. Meiner Frau war ich treu, meinen Kindern habe ich eine tadellose Schulbildung und ein geldsorgenfreies Studium ermöglicht. Mit meinen Brüdern habe ich das Erbe fair geteilt, obwohl ich der Erstgeborene bin und das Unternehmen laut Testament auf mich übergegangen war.

Kann man allen armen Menschen helfen? Nein. Selbstverständlich habe ich die Bettler bemerkt, an denen ich vorbeikam. Aber es ist doch so, dass jeder Euro, den man solchen Leuten zusteckt, im nächsten Schnapsladen landet. Das weiß jeder. Oder beim Drogendealer. Und wer arbeiten will, wird auch Geld verdienen können, sicher keinen Spitzenlohn, aber Hilfskräfte werden doch an jeder Ecke gebraucht. Dieser Lothar zum Beispiel, der sich sein Obdachlosenlager unweit der Einfahrt zu meinem Unternehmen eingerichtet hatte, lag oder saß den ganzen Tag auf seiner Matratze herum und erwartete, dass man ein paar Münzen in den aufgestellten Pappbecher warf. Einen streunenden Hund hatte er ab und zu auch bei sich. Ich wusste, dass meine Küchenfrau ihm immer wieder Reste aus der Kantine brachte, ohne mich jemals um Erlaubnis gebeten zu haben. Eines Tages hörte ich zufällig, wie die Küchenfrau beim Aufräumen der Kantine zur Servierkraft sagte: »Das packe ich für Lothar ein.«

»Wer ist Lothar? Dein Mann?«

»Nein!«, lachte die Küchenfrau, »Lothar ist der Obdachlose draußen vor dem Firmengelände.«

»Ach so,« meinte die Servierkraft, »lass dich mal nicht vom Chef erwischen. Dem ist das Lager schon lange ein Dorn im Auge, und wenn du den Mann auch noch mit Essen versorgst …«

Daher weiß ich übrigens den Namen des Bettlers. Ich hätte die Küchenfrau sofort entlassen können. Aber die beiden hatten mich nicht bemerkt und ich schritt nicht ein, denn ich wollte kein Unmensch sein. Und die Essensreste landeten ja sonst in der Mülltonne. Da sehen Sie, dass ich kein schlechter Mensch war. Ich konnte nichts gegen sein Lager vor meinem Anwesen unternehmen, da es sich um öffentliches Straßenland handelte und das Ordnungsamt auf beiden Ohren taub war, was solche unschönen Flecken in der Stadtlandschaft betraf. Da dieser Mann niemanden angriff oder belästigte, war man gezwungen, den Anblick zu erdulden.

Vor zwei Wochen war er dann verschwunden. Sein Lumpenlager wurde ein paar Tage später von der Stadtreinigung entfernt. Ich erfuhr im Vorübergehen, dass der Mann tot war.

Als ich am vergangenen Dienstag starb, unerwartet wie es in meiner Todesanzeige heißt, hätte ja für mich alles vorbei sein sollen. Davon war ich immer ausgegangen. Ich hatte mich für Religion nicht sonderlich interessiert, da ich als humanistisch gebildeter Mensch wusste, was die Kirche in ihrer Geschichte für grausame Verbrechen begangen hat und dass die Wissenschaft heutzutage all das logisch erklären und ableiten kann, was in dunklen Vorzeiten höheren Mächten zugeschrieben worden war.

Und dann war ich plötzlich tot und es war nicht alles vorbei. Mein Körper war dahin, das ist richtig, aber ich bin noch hier. Also nicht hier, wo Sie sind, sondern hier, in dieser Dimension, die es wissenschaftlich betrachtet nicht geben kann. Nein, das ist falsch formuliert. Verzeihen Sie. Die Wissenschaft schließ nicht aus, dass es diese Dimension gibt. Aber Gott wird nicht benötigt, um die Welt und ihre Existenz zu erklären. Also ging ich davon aus, dass es keinen Gott gibt.

Da Sie noch nicht hier sind, wenn Sie diesen Text lesen, kann ich Ihnen leider nicht mit verständlichen Begriffen und Worten erklären, wo ich nach dem Tod unerwartet und plötzlich gelandet bin. Ich kann Ihnen nur sagen, was ich eingangs schon erwähnt habe: Nun ist alles zu spät, wirklich alles. Dass Sie diese Zeilen jemals lesen werden ist natürlich genauso unwahrscheinlich wie die Tatsache, dass ich nach meinem Tod überhaupt frage: »Hallo, können Sie mich hören?« Aber das, was mir ein Leben lang unwahrscheinlich oder unmöglich vorkam … nun ja. Also erzähle ich das alles, obwohl Sie es nüchtern betrachtet niemals hören beziehungsweise lesen werden.

Ich wünschte, ich könnte noch einmal zurück und viele Weichen anders stellen. Dieser Obdachlose, Lothar, dem geht es hier unglaublich gut. Er ist glücklich. Ihn plagen weder Gewissensbisse noch Schmerzen … genau das Gegenteil von meiner Situation. Ich habe eines der Wesen, die hier zuständig sind, gefragt, ob Lothar mir nicht etwas abgeben könnte von seinem Wohlbefinden, da ich ihn ja immerhin all die Jahre vor meinem Grundstück geduldet habe … aber solche Wünsche können hier nicht berücksichtigt werden.

Ich habe auch versucht, zumindest meinen Brüdern eine Warnung zukommen zu lassen … vergeblich. Man gab mir zu verstehen, dass die Lebenden ausreichend Gelegenheit bekommen, sich mit dem sogenannten Jenseits zu beschäftigen. Solche Gelegenheiten hatte ich auch gehabt, und die fielen mir auf einmal samt und sonders wieder ein. Aber … nun ist wirklich alles zu spät. Das sagte ich ja schon.

Ich hatte noch eine abenteuerliche Idee, die ich genauso vergeblich unterbreitete: »Wenn ich jetzt zurückkehren könnte, nachdem ich ärztlich beurkundet tot bin, dann würden die Menschen mir bestimmt zuhören! Wäre das nicht einen Versuch wert?«

»Diejenigen, die nicht hören wollen, würden auch einem Geschäftsmann nicht zuhören, der von den Toten zurückkehrt. Sie würden einen Trick vermuten, eine Täuschung unterstellen. Es würde ihren wissenschaftlichen Maximen widersprechen, dass so etwas vorkommt.«

Wie hätte ich das denn wissen können? Wissen sollen? Nun ist alles zu spät, wirklich alles. Ich hatte mein Leben lang geglaubt, dass mit diesem Moment alles vorbei sein würde … und nun stelle ich fest, dass genau das Gegenteil der Fall ist. Das endlose Grauen beginnt, und einen Ausweg kann es nicht geben, soweit ich das verstehen kann.

xvii

DES EINEN PECH, DES ANDEREN GLÜCK

Können Sie sich vorstellen, was mit 150 Kilogramm Mehl passiert, wenn man einen Becher Sauerteig damit vermischt? Vermutlich nicht, weil heute ja kaum noch jemand Brot backt, und wenn, dann aus einer fertigen Backmischung, zu der man lediglich etwas Wasser hinzufügen muss.

Senta ist eine einfache Frau vom Land, sie hat keine reiche Verwandtschaft, keinen Einfluss auf Politik und Zeitgeschehen, und wenn Sie es genau wissen wollen, dann interessiert das alles Senta auch nicht im Geringsten. Sie hat genug damit zu tun, ihre kleine Familie durchzubringen. Drei Kinder, die saubere Kleidung, gesundes Essen und all den Schulbedarf brauchen, der heutzutage als selbstverständlich vorausgesetzt wird, dazu das kleine Bauernhaus, das sauber aussehen soll und gelegentlich an dieser und jener Ecke eine Reparatur braucht, damit hat Senta mehr als genug zu tun. Seit ihr Mann durch einen tragischen Unfall bei der Heuernte ums Leben gekommen ist, arbeitet Senta halbtags, wenn die Kinder in der Schule sind, im Dorfladen als Verkäuferin, Lageraufüllerin, Saubermacherin, Kundenzuhörerin, Bestellungenaufgeberin, … als Mädchen für alles sozusagen. Der Lohn ist gering, aber immerhin kommt Senta damit über die Runden.

Des einen Pech kann des anderen Glück sein. Letzte Woche geschah etwas, was Sentas Schicksal erheblich erleichtert hat. Ein offener Lieferwagen, früher nannte man das Pritschenwagen, der auf dem Weg in die Stadt war, geriet in der Kurve vor dem Dorf ins Schleudern und kippte um. Das ist Pech. Zweifellos. Just an dieser Kurve liegt Sentas Bauernhaus. Warum das Glück ist, erfahren Sie gleich. Auf der Ladefläche waren mehrere Paletten mit abgepacktem Mehl verstaut gewesen, solche 500-Gramm-Tüten, die Sie aus dem Supermarkt kennen. Nun war die Landschaft weiß überpudert wie eine Szene aus einem Wintermärchen. Und das mitten im August.

Die Polizei kam, der Abschleppdienst kam, ein Kran kam, um den Pritschenwagen wieder aufzurichten … und als alle verschwunden waren, blieb die weiße Landschaft zurück. Senta und ihre Kinder hatten die Polizisten gefragt, wer denn die Bescherung beseitigen würde. Das wussten die Beamten nicht, sie vermuteten, dass sich die Versicherung des verunglückten Fahrzeugs darum kümmern würde. Aber das konnte womöglich Wochen dauern.

»Dürfen wir denn die Päckchen aufsammeln, die nicht kaputt sind?« fragte Senta.

»Dafür sind wir nicht zuständig«, lächelte der Polizist, »aber wenn Sie die nicht aufsammeln, wird alles futsch sein, da es in ein paar Stunden regnen dürfte.«

Also sammelten Senta und die Kinder zusammen, was unbeschädigt geblieben war. Die Nachbarn aus dem Dorf halfen fröhlich schwatzend und unter viel Gelächter, weil alle nach und nach von Kopf bis Fuß mit Mehl bestäubt waren, mit. Sie nahmen selbstverständlich das eine oder andere Pfund Mehl mit nach Hause. Es war ja genug für alle da. Bei Senta in der Scheune türmten sich, als dann tatsächlich der Regen einsetzte, 300 unbeschädigte Pakete feines Weizenmehl.

Ein Einmachglas mit Sauerteig hatte Senta noch in der Speisekammer … und nun stellen Sie sich mal vor, wie lange Senta das Dorf und die Umgebung jeden Tag mit frisch gebackenem Brot für einen Euro fünfzig pro Stück versorgen können wird. Sentas Brot ist beliebt … wenn Sie in der Gegend sind, müssen Sie das mal probieren!

xviii

BIS ZUM LETZTEN CENT

Jahrelang hatte niemand bemerkt, dass Wolfgang Rotter sich regelmäßig Geldbeträge vom Firmenkonto auf sein privates Girokonto überwies. Er war allein verantwortlich für die Buchhaltung des Familienbetriebes, der die Gastronomie im brandenburgischen Kleinmachnow und ringsherum mit allem Notwendigen vom Pappbecher bis zur goldgeprägten Speisekarte versorgte.

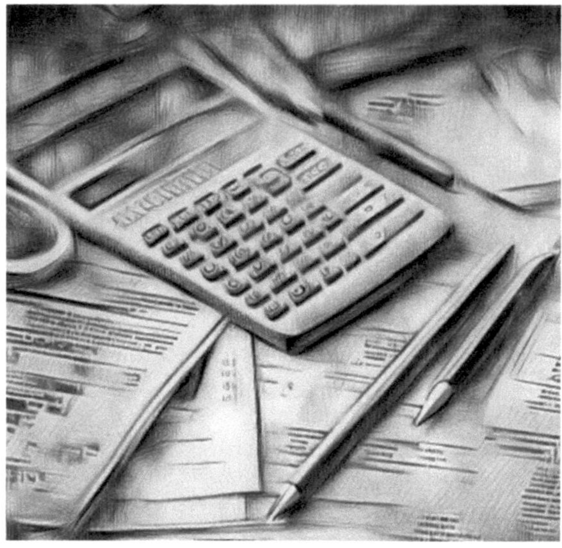

Rotters Chef, ein in Ehren ergrauter Patriarch, hatte sich nie sonderlich dafür interessiert, was sein Buchhalter tat, solange die Kunden ihre Rechnungen bezahlten, die Lieferanten ihr Geld bekamen, die Wirtschaftsprüfer stets den Jahresabschluss akzeptierten und regelmäßig ein ansehnlicher Gewinn verbucht werden konnte. Wolfgang Rotter versteckte seine Nebeneinkünfte geschickt zwischen den Zahlungen an tatsächliche Lieferanten. Zu diesem Zweck hatte er die Firma »Lichtberg AG, Bestecke und Geräte« ersonnen, deren Kontonummer seine eigene war. Sein Gehalt reichte nicht für den von ihm bevorzugten Lebensstil, und es erschien ihm im Vergleich zu seinem Einsatz für die Firma auch lächerlich gering. Also sorgte er nach Gutdünken für Ausgleich.

Dann starb der Seniorchef im gesegneten Alter von 84 Jahren. Sein Sohn übernahm die Firma. Er hatte sich bisher aus den Geschäften seines Vaters herausgehalten, weil er mit dessen altmodischer Unternehmensführung nichts anzufangen wusste.

Der erste Arbeitstag im Juli begann für die Beschäftigten mit einer Betriebsversammlung in der großen Lagerhalle. Der neue Chef kündigte in einer Ansprache umfassende Veränderungen an. Er sprach von Modernisierungen, im Betrieb würde zeitgemäße Technik eingeführt, es sei nun endlich Schluss mit der Zettelwirtschaft, den nicht kompatiblen Programmpaketen sowie dem antiquierten, undurchschaubaren Lagersystem. *Jetzt bin ich wohl geliefert.* Wolfgang Rotter wurde heiß und kalt. Er floh aus der Halle zum nahe gelegenen Örtchen, das zu dieser Stunde einmal wirklich still war.

Schon Mitte Juli gingen zwei modisch gekleidete Herren mit dem neuen Chef durch den Betrieb und machten Notizen auf ihren iPads. Blitzschnell verschwand die Illustrierte in der Schublade, als die Silhouetten der Männer, die den Fortschritt brachten, durch die

Milchglastür des Buchhalterbüros sichtbar wurden.

„Guten Morgen, Herr Rotter", grüßte der Chef. „Die Herren von der Softwareberatung haben einige Fragen und möchten sich kurz umsehen."

Wolfgang Rotter nickte den Eintretenden zu und tat sehr beschäftigt. Sein Kugelschreiber malte Ziffern, die sich zu langen Zahlenkolonnen reihten.

„Sie arbeiten tatsächlich mit diesem alten Ding?" fragte ungläubig der eine Repräsentant der zeitgemäßen Bits und Bytes, obwohl er doch deutlich sehen konnte, dass die gesamte technische Ausstattung aus einem Desktop-PC, einem analogen Telefon, einer Rechenmaschine mit Tippstreifen und einem elektrischen Bleistiftanspitzer bestand.

Rotter grummelte: „Der Computer läuft tadellos."

„Das es so etwas noch gibt! Das ist ja Windows XP!" Der Mann konnte es nicht fassen.

„Hat immer funktioniert", meinte Rotter mürrisch.

Die beiden Spezialisten blätterten in Unterlagen und Aktenordner. Sie notierten sich die Zahl der monatlichen Buchungssätze und ein paar andere Details. Dann erklärten sie die Vorzüge des vorgeschlagenen Programmmoduls für die Buchhaltung. Es besaß Schnittstellen zur Materialwirtschaft und zur Personalkostenabrechnung, beherrschte die automatisierte Nachbestellung von ausgewählten Artikeln, schrieb Rechnungen und Mahnungen, kontrollierte Zahlungseingänge … solche Routinearbeiten sollte künftig reibungslos das elektronische Gehirn erledigen. Rotters Besorgnis wuchs mit jedem Wort. Schließlich gingen die drei Männer weiter zum nächsten Büro.

Entlassungen gab es aufgrund der Modernisierungen nicht, vorerst zumindest. Wolfgang Rotter fuhr am 7. August zu einem zweiwöchigen Intensivkurs nach Waldorf, um in das neue System eingearbeitet zu werden. Diese Maßnahme war die erste von weiteren geplanten Schulungen und vermittelte nur einen groben Überblick über die Bedienung des ERP-Systems.

Als er am 21. August in sein Büro zurückkehrte, fand er es völlig verändert vor: Ein großzügiger Schreibtisch mit zwei Flachbildschirmen, daneben ein Laserdrucker mit vier Papierschächten. Die Wände weiß gestrichen, ein grauer Teppichboden, wo vorher Holzdielen geknarrt hatten.

Stolz empfing ihn der Chef und deutete auf den freundlich gestalteten Raum: „Das ist jetzt Ihr neues Reich, Herr Rotter. Gefällt es Ihnen? Übrigens, Ihr Gehalt wird selbstverständlich mit den Anforderungen und den von Ihnen absolvierten Schulungen steigen."

„Ja, sicher", beeilte er sich zu sagen.

Wenn ich nur schon wüsste, wie ich die Firma Lichtberg verschwinden lassen kann. Darüber hatte er beim Lehrgang mehr gegrübelt als über Erfassungsmasken und Auswertungsläufe.

Vielleicht lässt sich bei der Übernahme der alten Daten in das System etwas machen?

Die nächste Bemerkung des Chefs zerstörte diese Hoffnung: „Wir haben in den beiden Wochen bereits die alten Daten erfassen lassen. Drei junge Damen haben pausenlos getippt, leider war eine automatische Datenübernahme aus der Steinzeitsoftware und den handschriftlichen Unterlagen nicht möglich. Aber jetzt haben wir die letzten zehn Jahre im Computer. Es gibt nur einen einzigen merkwürdigen Fehler. Und zwar …" Er beugte sich über die Tastatur, tippte ein paar Befehle, der Drucker wurde aktiv und schrieb schwarz auf weiß, was auch der Bildschirm meldete:

Kreditor Lichtberg AG | Bestecke und Geräte

Umsatz 2018:	5.750,00
Umsatz 2019:	7.800,00
Umsatz 2020:	7.995,00
Umsatz 2011:	9.950,00
Umsatz 2021:	12.400,00
Umsatz bis 7/23:	7.920,00
Gesamt:	51.815,00
Wareneingänge:	0

Bitte Adresse und Lieferantennummer eingeben.

Der Chef nahm das Blatt aus dem Druckerschacht und legte es auf den Schreibtisch. „Es handelt sich um diese Firma Lichtberg AG, Herr Rotter. Wir haben weder die Adresse gefunden, noch Wareneingänge feststellen können. Da muss etwas falsch gebucht worden sein." Erwartungsvoll sah der Chef seinen Buchhalter an.

„Ich – also ich zahle alles zurück ich hatte doch Ausgaben und meine geschiedene Frau wollte mehr – das Auto wegen des Benzins, die Preise laufen ja davon aber ich kann es in Ordnung bringen und bitte glauben sie mir, es war zu wenig Gehalt weil das Leben ist so teuer die Tochter bei meiner Frau, geschieden ich konnte doch nicht –"

„Moment mal bitte! Soll ich Ihrem Gestammel etwa entnehmen, Sie hätten diese Summe …" – sein Finger stach auf den Ausdruck ein – „Sie hätten fast 52.000 Euro unterschlagen?"

Beiden Männern stieg das Blut in den Kopf, schamrot der eine, vor Wut angeschwollene Adern beim anderen. Noch immer brachte Wolfgang Rotter keinen vollständigen Satz zustande: „Ja, das heißt nein, also nicht unterschlagen, es war gedacht als Aufbesserung, weil doch Ihr Vater so geizig, ich meine so sparsam und meine Frau, geschiedene Frau, dann die Tochter, und das Auto brauchte ich doch um zu ihr zu fahren, und Geschenke, alles war notwendig bitte, bitte glauben sie mir, ich zahle alles zurück es wird gehen, nur etwas Zeit … vielleicht … ich kann sicher einen Kredit aufnehmen …"

„Sie!", donnerte der Chef, „Sie werden keinen Kredit bekommen! Ich wollte es nicht glauben. Einige Herren der Geschäftsleitung haben sofort Unterschlagungen vermutet, aber in Ihrer Akte stand vertrauenswürdig, zuverlässig. Ich dachte an einen simplen Fehler in ihrer Steinzeit-Buchhaltung. 52.000 Euro! Mann, sind Sie wahnsinnig? Ich rufe jetzt die Polizei an!"

„Bitte nicht! Ich werde alles in Ordnung bringen!" Rotter zwang sich, ruhiger zu werden. Er schluckte, versuchte sich an das zu erinnern, was er sich in den zwei Wochen Schulung als Erklärung zurechtgelegt hatte, als Entschuldigung, falls die Sache aufflog. Es gelang ihm, seiner Stimme das Zittern einigermaßen zu verbieten. „Es war alles eine Folge meiner Scheidung. Seit zwanzig Jahren bin ich in der Firma, es ist nie etwas vorgekommen. Aber im Dezember vor zehn Jahren hat mich meine Frau verlassen, einen Tag vor Weihnachten. Mit einem Arzt ist sie davongerannt, nach Kiel, wo er seine Praxis betreibt. Unsere Tochter Sandy, damals war sie sechs Jahre alt, nahm sie mit. Bisher hatten wir zu zweit verdient, das Kind war ja im Kindergarten gewesen, sollte jetzt in die Schule kommen, und dann stand ich plötzlich alleine da mit meinen Schulden. Vom Autokredit waren noch über 15.000 Euro offen, jetzt musste ich plötzlich Unterhalt für meine Frau und das Kind bezahlen, denn natürlich hörte sie sofort auf zu arbeiten. Ich war völlig verzweifelt. Ich habe alles Ihrem Vater erklärt, aber der hat nur mit den Schultern gezuckt und gemeint, ich solle fleißig arbeiten und mir eine preiswertere Wohnung suchen, dann käme ich schon zurecht. Keinen Cent mehr Gehalt hat er mir gegönnt. Ich habe gespart, die große Wohnung aufgegeben und eineinhalb Zimmer bezogen. Das Auto war noch nicht abbezahlt, aber ich brauchte es, um zur Arbeit zu kommen und meine Tochter in Kiel zu besuchen. Ich wollte sie doch wenigstens einmal im Monat sehen."

Der Chef setzte sich und forderte mit einer Handbewegung auch seinen Buchhalter auf, Platz zu nehmen. „Und dann haben Sie begonnen, sich Geld zu überweisen?"

„Ja, trotz meiner Überstunden, trotz der Wochenendarbeit, bekam ich nicht mehr Gehalt. Ich dachte dann, wenn ich nicht vom Chef bekomme, was ich eigentlich verdienen müsste, dann muss ich es mir selbst holen. Ich wusste ja, was andere Abteilungsleiter verdienten, und das war erheblich mehr als ich. Ihr Vater hat ja von Tarifverträgen nichts gehalten und die Beschäftigten wohl nach Lust und Laune bezahlt. Ich wollte immer damit aufhören, sogar zurückzahlen, wenn es mir finanziell besser gehen würde. Entschuldigen Sie bitte mein Verhalten. Es war falsch."

Eine Weile schwiegen die beiden Männer. Der Chef überlegte hin und her, empfand widerwillig sogar Verständnis. Doch es ging um eine erhebliche Summe, wie wollte der Mann das jemals abtragen? Er kam ja so schon nicht zurecht. Was tun? Zwanzig Jahre war der Buchhalter im Hause, ein treuer und bestens eingearbeiteter Mann, dem ansonsten nichts vorzuwerfen war. Nie krank, wenig Urlaub. Pünktlich.

„Herr Rotter, ich mache Ihnen einen Vorschlag. Das Geld zurückzahlen können Sie nicht. Ich hatte vorgehabt, Ihr Gehalt jetzt um 750 Euro pro Monat anzuheben, nach der Einarbeitung sollten noch einmal 250 dazukommen. Ich würde unter den gegebenen Umständen davon absehen, Ihr Gehalt zu erhöhen, und stattdessen Ihre Schuld erlassen. Als Gegenleistung bleiben Sie die nächsten zehn Jahre der Firma treu. Wenn Sie vorzeitig ausscheiden wollen, müssten wir eine andere Regelung finden, die einen finanziellen Ausgleich für die Firma bewirkt. Was ich anbiete ist ein Arbeitgeberkredit, den Sie durch Gehaltsverzicht abtragen. Ich muss die Formulierungen noch mit einigen Herren besprechen, aber ich kann das so durchsetzen.“

Als träumte er, schaute Rotter seinen Chef entgeistert an. „Sie wollen mich nicht anzeigen und mir noch dazu die Schulden erlassen?“

„Sie können diese Summe nicht zurückzahlen, wo soll denn das Geld plötzlich herkommen. Ich weiß, dass Sie der Firma treu gedient haben, abgesehen von dieser Unterschlagung. Ich weiß auch, wie geizig mein Vater bezüglich der Gehälter sein konnte. Er verteilte Lohnerhöhungen nach dem Nasenfaktor … den mag ich, der bekommt mehr, den mag ich nicht, der kriegt nichts. So war er eben.“

Die unverzüglich einberufene Sitzung der Führungsmannschaft dauerte nur eine knappe halbe Stunde. Der Chef schilderte den Fall und beschrieb die Lage des Buchhalters. Er unterbreitete seinen Vorschlag, dessen Umsetzung für die Firma langfristig Einsparungen an Gehalt und Sozialabgaben mit sich brachte, die über die Laufzeit der Abmachung kompensieren würden, was der Angestellte unterschlagen hatte.

Der Personalleiter meldete sich zu Wort: „Ich bin dagegen. Wenn das bekannt wird, gilt das als Freibrief für jeden, sich aus der Firma zu bedienen. Der eine braucht neues Geschirr, der andere Besteck … der Chef wird dann schon alles richten, hat er bei Wolfgang Rotter ja auch gemacht, wird man sagen. Das können Sie unmöglich tun.“

„Sie haben Recht, falls diese Angelegenheit über unseren Kreis hinaus bekannt wird. Ich gehe davon aus, dass die hier versammelten Herren schweigen werden. Sollte Herr Rotter noch einmal bei der kleinsten Unregelmäßigkeit ertappt werden, wäre ich nicht bereit, das zu entschuldigen. Dass mein Vater ein sehr eigenwilliges Gehaltsgefüge geschaffen hat, wissen Sie alle … weiter möchte ich darauf nicht eingehen. Hat sonst noch jemand einen Einwand?“

Niemand meldete sich. Der Chef stand auf und blickte in die Runde seiner Mitarbeiter. „Ich möchte, dass diese unerfreuliche Angelegenheit heute abgeschlossen wird. Bedenken

Sie bitte auch, wie peinlich es für unser Unternehmen wäre, zuzugeben, dass über Jahre solche Summen verschwinden konnten, ohne dass es bemerkt wurde.“

Der Rest des Tages verging für Wolfgang Rotter wie im Flug. Das Schlimmste hatte er sich ausgemalt. Und nun saß er an seinem neuen Schreibtisch, hatte seinen Job behalten, brauchte nichts zurückzuzahlen … er kam sich vor wie im Märchen. *Wie habe ich das nur geschafft? Es war bestimmt mein überzeugendes Auftreten. Wahnsinn. Das muss heute Abend gefeiert werden, mit Schampus! Wenn schon, denn schon. Ich bin ein Glückspilz!* Er zog seinen Geldbeutel aus der Hosentasche und sah hinein. Zehn Euro und neunzig Cent. Totale Ebbe. Das Konto war leer, der Geldautomat würde nichts rausrücken.

Aber er musste heute feiern. Was konnte er unternehmen, um an Geld zu kommen? *Herbert! Genau, Herbert Niemeier, der schuldet mir noch 50 Euro, seit drei Wochen schon. Unverschämt!*

Rotter stand auf, ging ins Lager, wo er Herbert Niemeier damit beschäftigt fand, Kartons zu stapeln. „Du schuldest mir fünfzig Euro! Her damit!“ fuhr er ihn an.

„Ich hab's noch nicht, Wolfgang, ich kriege erst am Fünfzehnten Geld. Tut mir leid, du musst so lange warten.“

„Du spinnst doch hochgradig! Drei Wochen warte ich schon! Du hattest mir das Geld gleich für die nächste Woche versprochen! Her damit, sonst sag ich deiner Frau, wofür ich es dir geliehen habe!“

„Lass meine Frau aus dem Spiel, bitte. Ehrlich, ich hab keine 50 Euro in der Tasche. Aber wenn es so dringend ist, versuche ich, Geld aufzutreiben. Bis Freitag hast du es bestimmt.“

Wolfgang Rotter ließ nicht locker. Er wollte trinken, und zwar richtig teures Zeug, noch an diesem Abend, er musste seinen Sieg feiern. Man bekam schließlich nicht alle Tage 52.000 Euro geschenkt. „Es ist jetzt halb vier. Um fünf auf dem Parkplatz bekomme ich das Geld von dir oder ich hole es mir bei deiner Frau. Heute noch.“

„Woher soll ich es denn nehmen, Wolfgang? Wie soll das gehen? Bitte, warte ein paar Tage! Am Freitag werden die Löhne überwiesen …“

„Mein letztes Wort ist fünf Uhr auf dem Parkplatz. Ende. Schluss. Aus. Schau, wo du das Geld auftreibst!“

„Ich kann doch nicht …“

Wolfgang Rotter hatte ihn bereits stehen lassen und war wieder in Richtung seines Büros verschwunden.

Herbert Niemeier sprach schließlich seinen Vorgesetzten an. „Entschuldigen Sie, Herr Protopapas, ich habe eine Bitte. Könnten Sie mir wohl fünfzig Euro Vorschuss genehmigen? Heute noch? Bitte, ich bin arg in der Klemme.“

Der Logistikleiter sah ihn erstaunt an. „Heute noch? Ich fürchte, das geht nicht, Sie wissen doch, dass unsere Kasse um 15 Uhr schließt. Frau Penndorf ist doch jetzt gar nicht mehr im Haus."

„Um Himmels willen … was mache ich denn jetzt? Ich schulde dem Wolfgang, also dem Herrn Rotter, dem schulde ich einen Fünfziger. Und er sagt, wenn ich ihm das Geld nicht bis fünf Uhr gebe, dann erzählt er alles meiner Frau."

„Wer erzählt wem was?" Der Lagerleiter wurde hellhörig. Er legte den Stapel Bestellungen aus der Hand und wartete gespannt.

„Na ja, also, das ist schwierig zu erklären. Ich habe mir das Geld bei ihm geliehen, weil ich einer Freundin helfen wollte, und meine Frau weiß nichts davon. Sie ist so eifersüchtig, obwohl es keinen Grund gibt, es ist wirklich nur eine gute Bekannte. Meine Frau soll es aber nicht erfahren. Ich kann das nicht besser erklären, bitte helfen Sie mir mit fünfzig Euro. Sonst geht der Wolfgang zu meiner Frau …"

Protopapas war fassungslos. „Der setzt Sie unter Druck? Wegen fünfzig Euro setzt Sie der Halunke unter Druck? Der erpresst Sie wegen lumpiger fünfzig Euro?"

Verständnislos und eingeschüchtert wegen der erhobenen Stimme sah Herbert Niemeier seinen Vorgesetzten an. „Wie bitte? Ich verstehe nicht ganz. Ja, schon, also der macht Druck. Es ist doch nur, damit meine Frau es nicht erfährt. Der Wolfg… äh, der Herr Rotter will das Geld unbedingt heute noch haben. Können Sie mir wirklich nicht helfen?"

„Helfen? Ach so, das Geld. Moment." Er griff in seine Brieftasche und reichte dem Arbeiter einen Schein. „Bitte, nehmen Sie, geben Sie es mir zurück, wenn Sie ihren nächsten Lohn haben."

„Danke, vielen Dank." Erleichtert ging Herbert Niemeier wieder an seinen Arbeitsplatz und stapelte Kartons.

Protopapas stürmte in das Chefbüro und erstattete Bericht. Der Chef hörte zu, ohne ein Wort zu sagen. Dann griff er zum Telefon und bat die Sekretärin um eine Verbindung mit der Kriminalpolizei. Er nahm das Gespräch an und sagte: „Firma Pfeifer, Gastronomiebedarf, guten Tag. Ich möchte Anzeige erstatten gegen einen meiner Angestellten. Es geht um Unterschlagungen in Höhe von rund 52.000 Euro. Ja, der Betroffene ist noch im Büro, bis ca. 17.00 Uhr voraussichtlich. Jawohl, wir werden ihn aufhalten, bis die Beamten da sind. Danke."

Um sieben Minuten vor fünf Uhr waren die Kriminalpolizisten in der Firma. Der Chef führte sie persönlich in das Buchhaltungsbüro und erklärte: „Dieser Mann hat im Verlauf der letzten Jahre die Summe von 51.815 Euro auf sein eigenes Konto überwiesen. Die Unterlagen, aus denen das hervorgeht, zweifelsfrei hervorgeht, werden Sie von meinem

Sekretariat bekommen. Die entsprechenden Kontoauszüge finden Sie sicher in seiner Wohnung oder bei seiner Bank. Ich erstatte Strafanzeige."

„Warum … was ist denn … ich verstehe nicht …" Wolfgang Rotter war aschfahl. Stimme und Knie versagten den Dienst. Sein Blick zuckte von Gesicht zu Gesicht, ganz klein und grau wurde er.

Angewidert wandte sich der Chef zur Tür. Dann drehte er sich um und sagte: „Denken Sie, und dazu werden Sie wohl in den nächsten Jahren Zeit genug bekommen, über die Summe von 50 Euro im Verhältnis zu 52.000 Euro nach. Es könnte ja sein, dass dabei sogar Ihnen ein Licht aufgeht. Was mich betrifft, sind Sie entlassen, ab sofort haben Sie Hausverbot. Vor Gericht, und danach hoffentlich nie wieder, sehen wir uns, Herr Rotter. Ihre Schulden werden Sie bezahlen, und zwar bis zum letzten Cent."

xix

DIE HÜGELDORF-STIFTUNG

Es war an einem ganz gewöhnlichen Tag im kleinen Örtchen Hügeldorf, die Sonne schien hell vom blauen Himmel, die Vögel zwitscherten vergnügt und die Menschen gingen ihren alltäglichen Aufgaben nach. Dort begann ganz unscheinbar und von der Öffentlichkeit unbemerkt die erstaunliche Geschichte der Hügeldorf-Stiftung, durch welche heute tausenden von alten Menschen geholfen wird. Inmitten dieses idyllischen Szenarios lebte eine junge Frau namens Emma.

Sie war eine freundliche und aufgeschlossene Person, die gerne ein Lächeln auf den Lippen trug.

Eines Tages beschloss Emma, ihre Nachbarin, Frau Müller, zu besuchen. Frau Müller war 71 Jahre alt, seit vielen Jahren lebte sie alleine in ihrem kleinen Haus. Sie galt als unfreundlich und unnahbar. Emma hatte sie schon ein paar Tage nicht mehr gesehen und wollte nachschauen, ob es ihr gut ging.

Als Emma mit zwei Stück Kuchen vom Bäcker bei Frau Müller klingelte, öffnete diese die Tür mit einem misstrauischen Blick. Sie ging davon aus, dass die junge Nachbarin Hintergedanken hatte und Böses im Schilde führte. Doch bald wurde ihr klar, dass es sich tatsächlich nur um einen nachbarschaftlichen Besuch handelte. Die beiden Frauen unterhielten sich stundenlang über alte Zeiten und gegenwärtige Zustände, während sie Tee tranken. Emma erfuhr, dass Frau Müller in letzter Zeit gesundheitliche Probleme hatte und sich allein gelassen fühlte. Sie hatte keine Verwandtschaft mehr und offenbar auch keine freundschaftlichen Beziehungen zu anderen Menschen. Emma versprach, öfter vorbeizukommen und ihr Gesellschaft zu leisten.

Die regelmäßigen Besuche von Emma brachten eine große Veränderung in das Leben von Frau Müller. Sie begann, sich weniger einsam zu fühlen und gewann nach und nach ihre Lebensfreude zurück. Emma half ihr gerne nit kleinen Besorgungen und Erledigungen. Nach ein paar Monaten ging Frau Müller auch wieder aus dem Haus und ließ sich im Dorf sehen. In der Nachbarschaft sprach man bald darüber, wie positiv sich Frau Müllers Stimmung verändert hatte.

Eines Tages, als Emma wieder bei Frau Müller zu Besuch war, erwähnte diese beiläufig, dass sie schon seit der Kindheit einen unerfüllten Traum hatte. Sie wollte immer schon einmal eine Reise an das Meer machen, doch aus verschiedenen Gründen hatte sie es nie geschafft. Noch nie hatte sie mit eigenen Augen auf eine endlos scheinende Wasserfläche geblickt, die großen Wellen kommen sehen, das Rauschen gehört und den Wind gespürt. Emma war entschlossen, Frau Müller bei der Erfüllung ihres Traums zu helfen.

Sie organisierte eine Spendenaktion in der Nachbarschaft. Die Menschen waren begeistert von der Idee, Frau Müller zu unterstützen. Innerhalb kürzester Zeit kam genug Geld zusammen, um ihr die lang ersehnte Reise ans Meer zu ermöglichen. Emma buchte Unterkunft und Reise und überreichte Frau Müller zu deren Geburtstag den Umschlag mit den Unterlagen. Diese war sprachlos und zu Tränen gerührt. So etwas hätte sie nie im Leben erwartet.

Als Frau Müller dann am Strand stand und das Rauschen der Wellen hörte, den Blick in die Ferne schweifen ließ und die salzige Luft einatmete, kamen ihr erneut Tränen der Freude. Es war ein bewegender Moment, der ihr Leben veränderte. Die Reise an das Meer erfüllte nicht nur ihren lang gehegten Traum, sondern gab ihr auch einen neuen Sinn im Leben. Sie beschloss, ihr beträchtliches Vermögen, von dem keiner im Dorf etwas wusste, dazu zu verwenden, anderen alten Menschen solche Erlebnisse zu ermöglichen. Ein Leben lang war sie zu geizig gewesen, sich auch nur einen kleinen Luxus zu leisten. Und nun hatte sie erlebt, dass die Dorfgemeinschaft uneigennützig zusammengelegt hatte, um ihr ein paar Tage am Meer zu ermöglichen. Eine kleine und eher unscheinbare Ursache, Emmas Besuch mit zwei Stückchen Kuchen bei der alten Dame im Nachbarhaus, führte zu einer großen Wirkung, die das Leben von Frau Müller nachhaltig veränderte. Sie hatte nicht nur ihre Lebensfreude wiedergefunden, sondern in Hügeldorf auch eine Gemeinschaft erlebt, die sich selbstlos um sie kümmerte.

Frau Müller gestand Emma, wie viel Geld sie besaß und erzählte, was sie nun damit anfangen wollte. Niemand im Dorf war ihr böse, dass sie die Reise, die sie sich locker hätte leisten können, aber nie gegönnt hatte, als Geschenk angenommen hatte.

Mit Frau Müllers Vermögen wurde dann die Hügeldorf-Stiftung gegründet, die heutzutage Jahr für Jahr hunderten Senioren einen Urlaub in gepflegter Umgebung am jeweiligen Traumziel ermöglicht.

xx

ANSTIFTUNG ZUR TÖTUNG

Herr Kommissar, ich will gerne versuchen, Ihnen zu erklären, was sich ereignet hat. Wenn ich mir etwas vorzuwerfen habe, dann lediglich eine zugegeben etwas geschmacklose Bemerkung im Kreis meiner Mitarbeiter, die zu keiner Zeit so gemeint war, wie sie irgend jemand, wer auch immer das sein mag, offenbar verstanden hat. Oder verstanden haben könnte. Ich weiß das ja nicht. Falls die sieben Toten überhaupt etwas mit mir und der Geschichte zu tun haben, die ich

Ihnen nun wahrheitsgemäß berichten werde.

Ich kann mich angesichts der Größe meines Unternehmens nicht um alles persönlich kümmern, das werden Sie sicher verstehen. Damals, als ich mit meiner Tätigkeit als Geschäftsführer für Raymond Reddington anfing, da waren die Investitionen noch überschaubar.

Je mehr Kunden dazukamen, deren Geld ich gewinnbringend anlegen sollte und wollte, desto mehr war ich auf tüchtige Mitarbeiter, allesamt gut geschulte Finanzmanager, angewiesen. Anfang des vergangenen Jahres war deren Zahl auf zehn gewachsen. Natürlich hatte jeder sein Sekretariat und was auch immer notwendig war, um unsere Mandanten bestmöglich zu bedienen.

Nun sind ja keine zwei Menschen auf dieser Welt gleichermaßen begabt oder gleichermaßen fleißig oder gleichermaßen zuverlässig … man muss schon genau hinschauen, welche Aufgaben man wem anvertraut, wenn man möchte, dass vernünftige Ergebnisse bei der Arbeit herauskommen. Also übertrug ich, als ich für sechs Monate in die USA reisen musste, meinen Angestellten die Verantwortung für jeweils verschieden viele und verschieden vermögende Mandanten.

Manfred Schöner zum Beispiel, der seit nunmehr 14 Jahren für mich tätig ist, konnte ich guten Gewissens zehn wichtige Mandanten anvertrauen, darunter die alteingesessene Familie von Schnakenburg sowie der durch geschicktes Marketing und Werbeverträge reich gewordene Fernsehmoderator Thomas Schalksgott sowie der etwas undurchschaubare, aber ungeheuer reiche Francesco Scalice und ähnliche Kaliber.

Einem anderen Angestellten, dem Wolfgang Hofer, wollte ich eigentlich gar nichts anvertrauen, denn er war viel zu zögerlich bei Investitionen und daher meist zu spät dran, um noch ordentliche Gewinne zu erzielen. Er investierte das Geld einer Kundin beispielsweise in den Wohnungsbau in Berlin, als schon längst absehbar war, dass die Immobilienblase platzen würde. Kein Unternehmen baut doch Wohnungen, wenn deren Errichtung so teuer ist, dass man in den nächsten zwanzig Jahren mit keinem Cent Rendite rechnen kann. Aber solche Weitsicht fehlt dem Wolfgang Hofer eben. Als ich nun die Mandanten aufteilte, wollte ich ihm noch eine Chance geben, sich zu beweisen und übertrug ihm die Verwaltung des überschaubaren Vermögens einer Person, die durch eine Erbschaft zu Geld gekommen war.

Warum ich sechs Monate in den USA verbracht habe, muss ich schnell erklären. In gewisser Weise hat es ja damit zu tun, warum es jetzt, wenige Wochen nach meiner Rückkehr, sieben Tote gab.

Ich hatte die Absicht, Inhaber der Vermögensverwaltung Raymond Reddington in Deutschland zu werden. Ich war ja nur der Geschäftsführer. Den Inhaber, der in den Vereinigten Staaten lebte, hatte ich noch nie persönlich getroffen, alle Verhandlungen und Geschäfte liefen über seine amerikanische Mitarbeiterschaft. Im Januar hatte Heddie Hawkins, eine enge Vertraute von Reddington, durchblicken lassen, dass dieser dringend liquide Mittel brauchte und am Verkauf der deutschen Vermögensverwaltung, deren Geschäfte ich führte, interessiert war. Falls ich Interesse hätte, ließ sie mich wissen, wäre es unabdingbar, dass ich persönlich für einige Monate in den USA zur Verfügung stünde.

Was ich vorhatte, sprach sich in der Branche herum und einige Geschäftsleute hier verbündeten sich, um meinen Plan zu vereiteln. Sie schickten Boten in die USA, die Reddington mitteilten, dass man hierzulande nicht wollte, dass ich Inhaber statt Geschäftsführer der Vermögensverwaltung würde. Meine Gespräche zogen sich hin … und führten nicht so recht weiter.

Ich traf dann schließlich nach monatelangen Verhandlungen über Konditionen und Summen und Fälligkeiten endlich Raymond Reddington persönlich. Bei einem Abendessen unterschrieben wir das Vertragswerk und er erzählte mir beiläufig, dass einige Neider und Missgünstige in Deutschland versucht hatten, meine Inhaberschaft zu vereiteln. Er nannte sieben Namen.

Ja, Sie haben recht, Herr Kommissar. Das waren die Namen der sieben Toten, der sieben Fälle, die Sie nun aufzuklären haben. Oder des einen Falles, denn dass da ein Zusammenhang besteht, liegt ja auf der Hand.

Ich flog wieder zurück nach Deutschland und rechnete mit meinen Mitarbeitern ab. Es war mir gelungen, von Reddington nicht nur das Unternehmen zu erwerben, dessen Geschäftsführer ich gewesen war, sondern noch einige andere Firmen der gleichen Branche. Ich hatte nicht gewusst, dass die auch Herrn Reddington gehört hatten, das Angebot der Übernahme war mir eher beiläufig im Lauf der Verhandlungen übermittelt worden. Ich überschlug die Kosten und die mögliche Rendite in den nächsten fünf Jahren und sagte dann zu. Daher konnte ich nun meine Mitarbeiter entsprechend belohnen. Manfred Schöner, der das Vermögen der ihm anvertrauten Mandanten während meiner Abwesenheit ganz erheblich vermehrt hatte, bekam zehn weitere Mandanten anvertraut. Ich verteilte die neuen Mandanten so auf meine Mitarbeiter, wie sie sich bewährt hatten. Der eine bekam drei, der andere fünf und so weiter. Zum Schluss schaute ich mir an, was Wolfgang Hofer zustande gebracht hatte.

Er zeigte mir einen Kontoauszug: »Hier liegt das Geld, das ich auf einem Girokonto wohlverwahrt erhalten habe. Ich hatte Befürchtungen, es zu investieren, weil Sie ein strenger Mann sind und Geld einnehmen, das andere angelegt haben. Sie leben davon, was andere für Sie erwirtschaften.«

Ich entließ den Mann auf der Stelle mit den Worten: »Wenn Sie schon zu wissen glauben, dass ich durch die Leistung meiner Mitarbeiterschaft meinen Lebensunterhalt bestreite, dann hätten Sie wenigstens ein Festgeldkonto anlegen und ein paar kümmerliche Zinsen erwirtschaften können. Verschwinden Sie, ich will Sie in meinem Unternehmen nicht mehr sehen.«

Einige meiner nunmehr nur noch neun Mitarbeiter waren unzufrieden damit, dass ich die Mandantschaft von Wolfgang Hofer nun auch noch Manfred Schöner übertrug. Ich erklärte daher bei der nächsten Teambesprechung: »Jedem Mitarbeiter, der durch solide Investitionen das Kapital seiner Mandanten vermehrt hat, wird noch mehr anvertraut, da er sich ja ganz offensichtlich bewährt hat. Merken Sie sich das für die Zukunft, vielleicht sind Sie ja auch bald dran, noch mehr Verantwortung zu übernehmen. Wer aber nichts vorzuweisen hat, dem wird auch das genommen werden, was er zu haben glaubt.«

Und dann rutschte mir etwas heraus, was ich eigentlich nicht zu sagen beabsichtigt hatte. »Und jene meine Feinde, die mich nicht als Inhaber dieses nun deutlich gewachsenen Finanzimperiums gewollt haben, sollte man eigentlich einsammeln und vor meinen Augen niedermachen!« Das war nicht ernst gemeint, und dass Wolfgang Hofer möglicherweise durch irgendjemanden davon erfahren hat, halte ich für unwahrscheinlich. Aber nicht für ausgeschlossen.

Sehen Sie, Herr Kommissar, so und nicht anders ist es gewesen. Wer die sieben Menschen umgebracht hat, weiß ich nicht. Ich habe meine Äußerung auch nicht als Auftrag an irgendwelche mir gar nicht bekannten Verbrecher gemeint oder verstanden. Das war nur so dahingesagt, um etwas Dampf abzulassen. Und falls Wolfgang Hofer derjenige sein sollte, der mich bei der Polizei der Anstiftung zur Tötung bezichtigte, dann wissen Sie jetzt wenigstens, welches Motiv der Mann für diese Verleumdung hat.

xxi

WENN DER ERBE ZU TODE KÄME …

»Manchmal verselbständigt sich eine Entwicklung dermaßen, dass sie ab einem bestimmten Punkt nicht mehr aufzuhalten ist. Wann dieser Punkt überschritten wurde, kann ich aber nicht sagen. Ich weiß nur, dass es mir am Ende vorkam, als wäre ich von einer unsichtbaren Macht gelenkt worden, statt selbst zu entscheiden. Das ist natürlich Unsinn, aber genau so habe ich es empfunden.«

Diese Aussage liegt als Tonaufnahme und als schriftliches Protokoll vor, vermutlich hatte der Beschuldigte sich damit rechtfertigen wollen. Er hatte die Tat nie bestritten, was angesichts der Beweislage auch sinnlos gewesen wäre. Dieser Versuch der Rechtfertigung oder Erklärung schien mir weniger der Reue als dem Bedürfnis, sich verständlich zu machen, zu entspringen. Ich bin als Gutachter am Verfahren beteiligt, und Sie können mir glauben, dass ich sehr froh bin, kein Urteil fällen zu müssen. Aber ich weiß sehr wohl, dass mein Gutachten den Ausgang des Verfahrens entscheidend beeinflussen kann.

Die nüchternen Fakten waren von Anfang an klar. Der Beschuldigte hatte in Hannover eine Firma gegründet, mit allem notwendigen Inventar ausgestattet und das erforderliche Personal eingestellt. Mit dem Geschäftsführer, einem langjährigen Freund der Familie, der auch Patenonkel des Sohnes des Beschuldigten war, hatte er einen Vertrag geschlossen. Diese Urkunde regelte, welchen Anteil am Umsatz der Gründer zu welchen festgelegten Zeitpunkten, nämlich jährlich nach dem Jahresabschluss am 15. März, bekommen sollte.

Der Geschäftsführer erhielt alle Vollmachten, der Gründer hatte dem Vertrag nach nichts mehr mit der Firma zu tun, außer seiner Beteiligung an der Rendite. Dann hatte er seinen hiesigen Wohnsitz aufgegeben und war nach Großbritannien gezogen, um sich dort einer neuen Geschäftsidee zu widmen.

Im März diesen Jahres schickte er drei Angestellte nach Hannover, die sich den Jahresabschluss ansehen und dann den vereinbarten Anteil entgegennehmen sollten. Die drei Abgesandten wurden in der Nacht nach ihrer Ankunft überfallen, wobei zwei von ihnen zu Tode kamen, der dritte überlebte schwer verletzt. Die Täter wurden bisher nicht ermittelt, und angesichts der Spurenlage ist auch kein Erfolg zu erwarten. Es gab einen anonymen Hinweis, dass der Geschäftsführer der Firma dahinterstecken sollte, aber keinerlei verwertbare Spuren oder gar Beweise.

Der Beschuldigte schickte eine Woche danach eine größere Delegation nach Hannover. Als auch diese Gruppe überfallen und ausgeraubt wurde, schien den Kriminalbeamten ein Zusammenhang sehr wahrscheinlich, doch wiederum gab es keinerlei greifbaren Ermittlungserfolge. Der Beschuldigte versuchte von Leeds aus die deutsche Polizei davon zu überzeugen, dass es um die Gewinnanteile gehen musste, aber ohne Beweise war nichts zu erreichen.

Die Katastrophe war damit noch nicht komplett. Nun schickte der Beschuldigte seinen Sohn nach Hannover, in der Annahme, dass die Niedertracht des Geschäftsführers nicht so weit gehen würde, sich an seinem eigenen Patenkind zu vergreifen. Doch diese Annahme war ein Trugschluss. Es liegt den Behörden ein Abhörprotokoll vor, in dem der Geschäftsführer zu hören ist, wie er im Vorstandskreis sagt: »Wenn der Erbe zu Tode käme, gehörte die Firma fast schon uns.«

Ich will ja bei den nüchternen Fakten bleiben, daher kurz und ohne Umschweife: Der Sohn des Beschuldigten wurde in der Nacht nach seiner Ankunft in seinem Hotelzimmer erstochen. Das geschah am 17. Mai diesen Jahres.

Am 20. Mai flog der Beschuldigte im Privatjet von Leeds nach Hannover, ohne irgendjemanden über seine Reise zu informieren. Er hatte eine halbautomatische Waffe bei sich, fuhr direkt in die Firma und erschoss dort alle Vorstandsmitglieder und den Geschäftsführer. Dann wartete er auf die Polizei und ließ sich widerstandslos festnehmen.

Er erklärte bei der ersten Vernehmung: »Manchmal verselbständigt sich eine Entwicklung dermaßen, dass sie ab einem bestimmten Punkt nicht mehr aufzuhalten ist. Wann dieser Punkt überschritten wurde, kann ich aber nicht sagen. Ich weiß nur, dass es mir am Ende vorkam, als wäre ich von einer unsichtbaren Macht gelenkt worden, statt selbst zu entscheiden. Das ist natürlich Unsinn, aber genau so habe ich es empfunden.«

Und nun soll ich in meinem Gutachten feststellen, ob der Beschuldigte zum Zeitpunkt der Tat überhaupt schuldfähig war. Morgen muss ich das Gutachten abliefern. Was raten Sie mir, zu welchem Schluss ich kommen soll?

xxii

EIN RESTAURANT IN BIELEFELD

Mit viel Fleiß und Können hatte sich der Restaurantbesitzer Maximilian Schmidt aus Hamburg ein kleines Vermögen erwirtschaftet. Weil er neben geschäftlichem Geschick und beruflichem Wissen auch ein gutes Herz hatte, und nicht zuletzt mit der Erinnerung, dass er selbst ganz klein angefangen hatte, wollte er mit seinem Geld arbeitslosen jungen Menschen eine Chance geben, sich eine Existenz aufzubauen. Darum richtete er in Bielefeld ein weiteres erstklassiges Restaurant ein. Er ließ die Räume mit

teuren Tapeten und einer raffinierten indirekten Beleuchtung ausstatten. Die Wände zierten geschmackvolle Kunstwerke. Das Mobiliar stammte von einer erstklassigen Manufaktur und war sowohl ansehnlich als auch bequem. Die Tische wurden mit Decken und dazu passenden Stoffservietten ausgestattet. Bar und Weinkeller bestückte er mit einer großen Auswahl edler Tropfen. Auf die Speisekarte kamen anspruchsvolle, von ihm selbst erprobte Gerichte.

Maximilian Schmidt stellte junge arbeitslose Köche und Gastronomie-Fachkräfte ein, die nach vielen vergeblichen Bewerbungen die Hoffnung so gut wie aufgegeben hatten, noch eine Stelle zu finden. Er zeigte ihnen, wie die besonderen Gerichte zubereitet und stilgerecht serviert wurden. Er gab unzählige Tipps aus seinem reichen Erfahrungsschatz weiter. Schließlich schloss er einen Pachtvertrag mit den jungen Leuten: Sie brauchten keine Miete zu zahlen; nur vom Gewinn sollten sie einen angemessenen Anteil an ihn abführen.

Die jungen Leute legten mit Feuereifer los, und sie hatten schon nach kurzer Anlaufzeit Erfolg. Maximilian Schmidt hatte ihnen ja wahrlich die besten Voraussetzungen mitgegeben. Schnell sprach es sich in Bielefeld und dann in der Umgebung herum, dass man in diesem Restaurant hervorragend essen konnte und das zu angemessenen Preisen. Das Restaurant war stets gut ausgelastet und die jungen Leute machten erfreulichen Gewinn.

Aber leider erwiesen sie sich als äußerst unzuverlässig und undankbar. Sie hielten sich nicht an ihren Pachtvertrag und steckten den gesamten Profit in die eigene Tasche. Maximilian Schmidt gegenüber behaupteten sie, keine Gewinne zu verbuchen.

Der Besitzer erinnerte sie freundlich mit einer E-Mail daran, die Bilanzen vorzulegen, aber die klickten sie einfach weg. Er schickte einen Brief – sie zerrissen ihn. Er rief an, aber sie beschimpften ihn als Ausbeuter und sagten, er solle sie in Ruhe lassen. Er schickte einen eingeschriebenen Brief, in dem er mit seinem Rechtsanwalt drohte, aber sie verweigerten die Annahme.

Schließlich sagte sich der Mann: So hat das keinen Zweck; das muss persönlich geklärt werden. Weil er selbst aber keine Zeit hatte, nach Bielefeld zu fahren, schickte er seinen Sohn. Als der die Pacht einforderte, kam es zu einem lauten Streit und sogar zu Handgreiflichkeiten. Ein Jungkoch stach mit seinem schärfsten Küchenmesser zu, und der Sohn des Eigentümers verblutete.

Die jungen Pächter verloren alles, was ihnen Maximilian Schmidt ermöglicht hatte. Obendrein mussten sie sich selbstverständlich vor Gericht verantworten und wurden angemessen bestraft.

Den Restaurantbetrieb verkaufte Maximilian Schmidt an eine Investorengruppe. Er wollte mit Bielefeld nie wieder etwas zu tun haben. »Bielefeld existiert für mich nicht mehr«, sagte er einem Gerichtsreporter. »Ich wünschte, es hätte Bielefeld nie gegeben.«

Maximilian Schmidt schaute nie wieder zurück auf diesen schrecklichen Ausgang seines Versuchs, anderen etwas Gutes zu tun. Dennoch wurde sein durch den Tod des Sohnes gebrochenes Herz nie wieder richtig gesund.

xxiii

DAS GERIPPE DES GROMIKOW-TOWERS

Die halbe Stadt macht sich inzwischen über Heiner Gromikow lustig, denn es ist schon etwas dran an dem Sprichwort, dass derjenige, der den Schaden hat, für den Spott nicht mehr sorgen muss. Vor allem dann, wenn es ein selbstverschuldeter Schaden ist.

Ein leerstehendes Bürogebäude steht ja in der Regel nicht ohne Grund leer. Im Fall des Gromikow-Tower, wie das Gerippe in der Landschaft vom Volksmund genannt wird, war der Leerstand durch Baustoffe verur-

sacht worden, die bei der Errichtung des Gebäudes noch als hervorragend galten und heute dazu führen, dass Gebäude leerstehen. Wer Asbest einatmet, kann Jahrzehnte später an Krebs erkranken – mit tödlichen Folgen. Das weiß man heute. Als der Büroturm gebaut wurde, war davon noch nicht die Rede gewesen. Die Behörde, für die er errichtet worden war, zog aus, als die Gesundheitsgefährdung bekannt wurde. Der Turm blieb stehen. Ein Abriss hätte Millionen gekostet, da man asbestbelastete Gebäude nicht einfach zertrümmern kann. Die Entsorgung des Materials hätte weitere Millionen verschlungen ... letztendlich konnte nur das Stahlgerüst »normal« abgerissen und das Metall wiederverwendet werden. Alles andere war Sondermüll. Die Stadt konnte sich diese Ausgabe nicht leisten. Es fand sich kein privater Investor, der die geschätzten 900 Millionen Euro allein für die Entkernung und Entsorgung investieren wollte ... aber dann kam Heiner Gromikow.

Seine Kalkulation war für ihn selbst ganz logisch und musste funktionieren: *Ich wandle alles in Wohnungen um, Luxuswohnungen natürlich, und die verkaufe ich zum üblichen wunderbar hohen Quadratmeterpreis. Damit kann ich die Baumaßnahmen finanzieren und am Ende bleibt noch ein schönes Finanzpolster für mich übrig.*

Die Idee war per se nicht völlig verrückt, genau so funktionieren viele erfolgreiche Projekte im Wirtschaftsleben. Wer beispielsweise nach der jährlichen Vorstellung der neuesten Modelle ein neues iPhone kauft, bezahlt sofort dafür und bekommt, je nach Lieferzeiten, in ein paar Tagen oder Wochen oder Monaten sein Gerät. Aber das funktioniert natürlich nur so lange, wie es Menschen gibt, die genau diese Modelle und kein anderes Mobiltelefon haben möchten. Und solange es einen Kundenkreis gibt, der über die notwendigen

Finanzmittel verfügt. Und da hatte sich Herr Gromikow erheblich geirrt.

Sein vorhandenes Geld reichte für den Erwerb der Immobilie. Für ein paar Wohnungen konnte er tatsächlich Käufer finden, die einen Teil des Kaufpreises überwiesen. Das Geld reichte, um ein Gerüst aufzubauen und mit der Entkernung zu beginnen. 330 Wohnungen waren geplant, für mehr als zwei Dutzend reichte aber das Kaufinteresse nicht. Herr Gromikow hoffte noch, dass sich weitere Käufer finden lassen mussten. Als dann ein paar Monate später bekannt wurde, dass die autofeindliche Politik in der Stadt die geplanten Garagenplätze unter dem Gebäude nicht genehmigen würde, traten einige Käufer zurück und wollten ihr Geld wiederhaben. Das war aber längst investiert. Der Bau kam ins Stocken, die Rechnungen türmten sich, frisches Geld blieb aus … und daher hat die Stadt nun ein Gerippe als Wahrzeichen und das Volk amüsiert sich köstlich über den gescheiterten Geschäftsmann. »Dieser Mensch hat den Bau begonnen, doch ihn nicht zu Ende führen können.«

Inzwischen ist Heiner Gromikow unauffindbar und im Volksmund hat sich das Verb »gromikowieren« als Synonym für eine Tätigkeit, die von vorne herein zum Scheitern verurteilt ist, verbreitet.

DER FRIEDENSSCHLUSS

So so, Sie haben mich mit dem Oberhaupt der albanischen Mafia in unserer hübschen kleinen Stadt aus der Kirche kommen sehen und wollen wissen, was dahintersteckt. Sie sind ja ziemlich neugierig, kann das sein? Das kann manchmal ungute Folgen haben … aber nun gut, damit da keine Gerüchte aufkommen, will ich erzählen, wie es dazu kam. Ich bin ja nicht doof, wissen Sie, sonst wäre es längst um mich und mein schönes Geschäft geschehen.

Als die Familie des Adriatik Osmani in unsere Kleinstadt zog, war mir schon klar, dass ich es nun mit direkter Konkurrenz zu tun hatte, wo ich bisher allein auf weiter Flur gewesen war. Die Zeit des Einkommens beinahe als Selbstläufer war für mich zu Ende. Das Geschäftsfeld, in dem ich tätig bin, ist begrenzt, die potentiellen Einnahmequellen kann man abzählen …

Welchem bequemen Geschäft ich nachgehe, wollen Sie wissen? Wenn ich Ihnen das verrate, muss ich Sie nachher erschießen. Aber das macht ja nichts, also sage ich es frei heraus: Ich bekomme Schutzgeld von allen gastronomischen Betrieben in unserer netten kleinen Stadt. Die Restaurants führen fünf Prozent vom Umsatz an mich ab und ich stehe dafür gerade, dass niemand ein Lokal in Brand steckt oder Steine durch Fenster wirft oder ein Café von Rockern aus der Großstadt nebenan verwüsten lässt.

Über zwanzig Jahre funktionierte das hier bei uns tadellos. Die Gastronomen waren zufrieden, ich war zufrieden, meine Mitarbeiter, die für die Sicherheit der Lokale sorgen, waren zufrieden. Und dann kamen die Albaner.

Ich bin ja nicht doof. Sagte ich das schon? Ich ließ recherchieren, wie stark diese Familie war. Wie stark ich mit meinen Leuten bin, weiß ich selbst. Letztendlich stand es dann 240 zu 114 für die Albaner. Und deshalb habe ich mich vor vier Wochen mit Adriatik Osmani an einem neutralen Ort, nämlich in der kleinen Kirche in der Stadtmitte, getroffen. Wir haben verhandelt, er hatte Verständnis für meine Situation, ich sah ein, dass auch er eine Einnahmequelle braucht, und wir haben uns den verfügbaren Bestand an gastronomischen Betrieben friedlich aufgeteilt. Das wäre sonst ein schier endloses Blutbad geworden, bei dem ich garantiert den Kürzeren gezogen hätte. So bleiben mir immerhin rund die Hälfte der bisherigen Einnahmen und Herr Osmani hat mir sein Ehrenwort gegeben, dass es bei der erzielten Einigung bleibt. Man kann ja der Mafia alles Mögliche nachsagen, aber ein Wort ist immer noch ein Wort. Das ist eine Frage der Ehre.

Nun wissen Sie, warum ich mit Adriatik Osmani in der Kirche war. Dass ich Sie nun leider aus dem Weg zu räumen gezwungen bin, hatte ich ja bereits angedeutet. Sonst laufen Sie zur Polizei … mit denen haben wir zwar ein Stillhalteabkommen, aber ein Wort gilt bei der Polizei nicht gleichermaßen als Ehrenwort wie in unseren Kreisen … und ich bin ja nicht doof. Ich glaube, das hatte ich schon gesagt?

xxiv

NACH MEXIKO?

Dem Joachim Fraudat kann man alles Mögliche nachsagen, zu Recht sogar, aber nicht, dass er dumm wäre. Das wäre dumm. Je nach Sympathie oder Antipathie kann man ihn gerissen oder klug nennen, ein Schlitzohr oder einen Mann, der sich abzusichern weiß.

Herr Fraudat hat kürzlich wieder einmal gezeigt, dass ihn keine Situation aus der Ruhe bringen kann, zumindest nicht dauerhaft. Es war zunächst schon erschrocken, als sein Vorgesetzter dahinter kam, dass Fraudat es mit der Abrechnung der Ein-

künfte nicht so genau nahm. Der eine oder andere Euro landete nicht in der Firmenkasse, sondern diente der Finanzierung von allerlei Annehmlichkeiten, auf die Joachim Fraudat nicht verzichten wollte. Ein luxuriöses Wochenendhaus an der Nordseeküste, eine HiFi-Anlage aus dem Hause Bang & Olufsen, ein Automobil, in dem es gediegen aussah und das ordentliche Kraftreserven besaß, wenn es zügig irgendwohin gehen sollte … eben ein gutes Leben, wie Joachim Fraudat es verstand. Und das ging schon seit über fünfzehn Jahren so, dass die Querfinanzierung des Lebensstils, wie er es noch heute gerne bezeichnet, vom Vermögen der Firma abgezweigt wurde.

Doch so geschickt die Veruntreuungen auch versteckt waren, ein dummer Zufall, und der Zufall ist eigentlich immer dumm, sonst wäre es ja kein Zufall, sondern kluge Planung, ein dummer Zufall sorgte dafür, dass der Vorgesetzte Verdacht schöpfte und eine Überprüfung der Geldströme durch einen unabhängigen Gutachter anordnete. Dass diese Prüfung unmittelbar bevorstand, erfuhr Joachim Fraudat von jemandem in der Geschäftsleitung, der ihm einen Gefallen schuldig war. Solche Leute, meinte Fraudat schon immer, braucht man an verschiedenen Stellen.

So viel zur Vorgeschichte. In drei Tagen findet die Begutachtung statt. Dass er damit seinen Arbeitsplatz los sein wird, ist Joachim Fraudat klar. Was nun? Er hat keinerlei Ambitionen, künftig mit womöglich anstrengender Arbeit Geld zu verdienen. Ohne Geld dazustehen, sagt ihm auch nicht zu. Er zitiert gerne hin und wieder Marcel Reich-Ranicki, der einmal sinngemäß gesagt hat: »Es stimmt schon, Geld allein macht nicht glücklich, aber es ist besser, in einem Taxi zu weinen als in der Straßenbahn.«

Er greift zu dem Mittel, das sich schon bisher bewährt hat. Er setzt sich, einen nach dem anderen, mit den Kunden der Firma in Verbindung und lässt sich die Höhe der Verbindlichkeiten nennen. Da er noch in Amt und Würden ist, kann er die Summen je nach Sympathie, die er für den Kunden aufbringt, heruntersetzen, mal fünfzig Prozent, mal zwanzig, mal auch nur zehn. So generiert er in den wenigen Tagen, die ihm als Leiter der Finanzabteilung bleiben, etliche neue Menschen, die ihm etwas schuldig sind.

Wenn es dann in drei Tagen heißen wird, »Herr Fraudat, Sie sind mit sofortiger Wirkung entlassen!«, wird es ihm leicht fallen, eine bequeme neue Anstellung zu finden. Am Abend bei einem Glas Wein erzählt er seiner Frau beiläufig, dass er in ein paar Tagen seinen Job an den Nagel hängen und dass er nach einer gemütlichen Periode des Nichtstuns, vielleicht gekoppelt mit einer schönen Reise, später einen neuen Job antreten wird.

»Hast du denn schon einen neuen Vertrag?«, fragt seine Gattin.

»Da gibt es mehrere Optionen.«

»Und du bist sicher, dass das klappt?« Auch sie hat sich an den Lebensstil gewöhnt und hegt nun leichte Befürchtungen.

Joachim Fraudat schenkt Wein nach und beruhigt sie: »Das klappt garantiert. Mach dir keine Sorgen, Schatz. Wohin möchtest du denn gerne verreisen? Nach Mexiko?«
xxv

BUCHSBERGER GETREIDEENTE

In Buchsberg, einer kleinen Stadt unweit von Frankfurt am Main, lebte ein alter Bauer namens Friedrich Knorek. Friedrich war bekannt für seine Weisheit und seine Liebe zur Landwirtschaft. Jedes Jahr hegte er seine Felder mit großer Sorgfalt und erzielte stets eine üppige Ernte. Doch dieses Jahr kam alles anders.

Im Frühling hatte Friedrich sein Saatgut in den fruchtbaren Boden gesät. Die Sonne schien, der Regen fiel rechtzeitig, und die Pflanzen begannen zu sprießen. Alles schien perfekt zu sein. Doch als die Saat aufwuchs, kam auch jede Menge Unkraut zum Vorschein.

Die Nutzpflanzen auf Friedrichs Feldern blühten, aber sie waren nicht allein. Das Unkraut begann, zwischen den Getreide- und Gemüsepflanzen regelrecht zu wuchern. Die ausufernden Triebe des Unkrauts drohten, die Ernte zu ersticken. Friedrich Knorek war besorgt und unternahm einiges, um das Unkraut zu bekämpfen. Er hackte, zog und dünnte aus, aber das Unkraut schien nur um so schneller zu wachsen.

Friedrich beobachtete seine Felder und dachte über das Unkraut nach, das zwischen den Pflanzen gedieh. Es erinnerte ihn an Herausforderungen, die in der Regel ausgerechnet dann im Leben auftauchten, wenn man es am wenigsten erwartet. Friedrich hatte in seinem langen Leben viele Höhen und Tiefen erlebt, aber er hatte nie aufgegeben. Auch dieses Unkraut, beschloss er, würde ihn nicht entmutigen.

Eines Tages, als die Sonne am höchsten am Himmel stand, ging Friedrich auf seine Felder hinaus. Statt gegen das Unkraut zu kämpfen, beschloss er, es zu akzeptieren. Er entschied, dass er das Unkraut nicht ausrotten, sondern es in seinen Feldern dulden würde. Friedrich ließ Gemüsepflanzen und Getreide inmitten des Unkrauts wachsen.

Die Nachbarn, die von Friedrichs ungewöhnlicher Entscheidung hörten, schüttelten den Kopf und fragten sich, ob der alte Bauer den Verstand verloren hatte. Er könne doch Pestizide versprühen, rieten sie ihm. Doch Friedrich glaubte fest daran, dass die Natur Weisheit in sich trug und sich ein Weg finden würde, um die Ernte zu retten.

Die Wochen vergingen, und Friedrichs Felder begannen auf zuvor nie dagewesene

Weise zu gedeihen. Die ausgesäten Pflanzen waren stärker als je zuvor, und das Unkraut stellte schon bald keine Bedrohung mehr dar. Die Erntezeit kam. Friedrich erntete die besten Früchte und das schönste Getreide, das man in dieser Gegend je gesehen hatte. Das Unkraut ließ sich während der Ernte ganz leicht absondern und wurde auf einem riesigen Haufen gesammelt in der Sonne getrocknet, um dann beim Erntefest für ein herrliches Feuer zu sorgen.

Friedrich lächelte, als er die reiche Ernte betrachtete. »Manchmal«, sagte er zu den Nachbarn, »müssen wir lernen, mit den Herausforderungen des Lebens zu leben, anstatt gegen sie anzukämpfen. Das Unkraut hat uns gezeigt, dass es inmitten der Schwierigkeiten oft eine Lösung gibt, die wir zuvor nicht gesehen haben.«

Die Geschichte von Friedrich und seinen Feldern, die von Unkraut befallen gewesen waren, wurde zu einer Legende. Wenn es besonders reichhaltige Erträge gab, sprach der Volksmund noch Jahrzehnte später von einer Buchsberger Getreideernte. Und so wurde Friedrich zu einem Symbol der Gelassenheit und Klugheit, das über die Generationen hinweg weiterlebte.

xxvi

ABIGAIL ERWARTET IHN

Buchsberg, eine kleine Stadt vor den Toren von Frankfurt am Main, war in dieser Sommernacht wie üblich still. Der Himmel war mit funkelnden Sternen übersät, der Mond goss sein sanftes Licht über die verschlafene Stadt. Ein milder Windhauch strich durch die Gassen. Nach Mitternacht schlief Buchsberg, abgesehen von der Silvesternacht. Aber die war noch rund sechs Monate entfernt.

In dieser Ruhe war lediglich ein Dunkelschatten in die Stadt unterwegs.

Man nannte ihn »Nachtdieb«, er war berüchtigt für seine geschickten Einbrüche und seine Fähigkeit, unbemerkt zu kommen und zu verschwinden. Seine Identität kannte niemand, doch seine Taten waren in der ganzen Stadt gefürchtet. Die Bewohner hatten auf mancherlei Weise Vorsorge getroffen. Von Wildkameras bis zu Alarmanlagen reichte die technische Ausrüstung. Das Mindeste war, dass man in der Dunkelheit Fenster und Türen im Erdgeschoss gut verschlossen hielt.

In dieser besagten Nacht hatte der Dieb sein nächstes Ziel auserkoren: das Anwesen von Abigail Winter, einer vermögenden Witwe, die alleine in einem prächtigen Herrenhaus am Rande der Stadt lebte. Er ging davon aus, dass Abigail wertvolle Schätze in ihrem Haus hortete, und er war entschlossen, sich seinen Anteil zu holen.

Leise bewegte sich der Nachtdieb durch die leeren Straßen. Er kannte jeden Winkel der Stadt und wusste, wie er sich dem Haus nähern konnte, ohne bemerkt zu werden. Doch als er einen Blick auf die Villa warf, stutzte er. Ein Fenster im Erdgeschoss war leicht geöffnet, fast so, als würde es auf ihn warten.

Da er noch nie bei seinen Einbrüchen bemerkt worden war, vertraute er auf sein Glück und seine Geschicklichkeit und schlich näher. Das offene Fenster schien keine Falle zu sein. Erst als er in das dunkle Zimmer eingedrungen war, bemerkte er Abigail Winter. Sie knipste eine kleine Leselampe an und blickte ihn aufmerksam entgegen. Ihr Alter und ihre zierliche Erscheinung täuschten über ihre Entschlossenheit hinweg.

»Sie sind also der berühmte Nachtdieb« sagte sie mit einer Mischung aus Erstaunen und Amüsement.

Der Dieb war noch immer überrascht, dass er entdeckt worden war. »Ja, das bin ich. Sie haben mich doch nicht erwartet?«

Abigail seufzte. »Ich bin eine alte Frau und habe schon manches erlebt. Dass der sogenannte Nachtdieb in unserer Stadt unterwegs ist, ist ja kein Geheimnis. Über seine Eigenarten wird viel gemunkelt. Man sagt, Sie seien anders als gewöhnliche Einbrecher. Sie hatten nicht vor, mich komplett auszurauben, oder?«

Der Dieb zögerte einen Moment und nickte dann widerstrebend. »Nein, ich bin nicht hier, um alles zu stehlen, was wertvoll ist. Wie immer will ich nur ein paar ausgesuchte Stücke mitnehmen. Ich habe meine Gründe, die ich Ihnen aber nicht erklären möchte.«

Abigail betrachtete den Eindringling einen Moment lang nachdenklich und lud ihn dann ein: »Kommen Sie her, setzen Sie sich. Vielleicht können wir eine Einigung erzielen.«

Der Dieb, überrascht von der unerwarteten Wendung, setzte sich zögernd zu Abigail. Sie hatte Tee gekocht und das Gedeck für zwei Personen vorbereitet. In den Stunden, die folgten, erzählten sie sich Geschichten aus ihrem Leben, und der Nachtdieb erfuhr, dass Abigail nicht nur reich, sondern auch einsam war. Er erfuhr auch eine Menge über sich selbst, ohne es im Gespräch gleich zu bemerken.

Gegen Morgen verließ er das Anwesen von Abigail Winter, ohne etwas gestohlen zu haben. Er versprach, nie wieder in ihr Haus einzubrechen. Die Nacht hatte ihm mehr gegeben als Beute. Die merkwürdige Konversation mit einer einsamen Frau, der Schatz an neuen Einsichten … er würde eine ganze Weile brauchen, um das alles zu verarbeiten.

Der Nachtdieb verschwand aus Buchsberg und wurde nie wieder gesehen. Doch die Bewohner der Stadt erzählten sich noch Jahre später die Geschichte von der Nacht, in der der Dieb kam und eine einsame Witwe ihm Tee kochte, statt Alarm zu schlagen. Und natürlich daran, was Abigail Winter im Gespräch mit der Lokalzeitung, die irgendwoher von der Episode erfahren hatte, gesagt hatte. Ihr abschließender Kommentar zum Geschehen lautete: »Wenn der Hausherr wüsste, zu welcher Stunde der Dieb kommt, würde er ihn nicht hereinlassen. Oder eben doch, um mit ihm zu reden. Was meinen Sie, was besser ist?«

DREIßIG ENTSCHEIDENDE SEKUNDEN

Es war ein gewöhnlicher Tag im beschaulichen Buchsberg vor den Toren der Mainmetropole Frankfurt. Die Sonne strahlte am Himmel, und die Vögel zwitscherten fröhlich. Kurz zuvor hatte es noch wie aus Sturzbächen geregnet. Geschüttet. Für Paul Claudius sollte dieser Tag alles andere als gewöhnlich werden, doch das wusste er natürlich nicht, als er morgens aufstand.

Paul war ein junger Mann, der stolz in der örtlichen freiwilligen Feuerwehr diente. Sein Motto lautete: *Allezeit bereit.* Er hatte es sich zur Gewohnheit gemacht, immer vorbereitet zu sein, egal ob es um Feuer, Unfälle oder andere Notfälle ging. Seine Ausrüstung war jederzeit griffbereit im Kofferraum untergebracht.

An diesem Morgen saß Paul gerade im Café am Marktplatz beim Frühstück und plauderte mit ein paar Bekannten, als der Alarm auf seinem Telefon erschien. Es gab einen schweren Autounfall auf der Hauptstraße, Menschen brauchten dringend Hilfe. Ohne zu zögern ließ Paul sein Frühstück stehen, rannte zum Parkplatz, zog neben seinem Fahrzeug seine Zivilkleidung aus und die Uniform an und eilte zum Unfallort. Die Kameraden mit den Feuerwehrautos konnten frühestens acht Minuten später eintreffen.

Die Szene, die ihn erwartete, war chaotisch. Ein Auto stand ziemlich zerbeult, aber offenbar leer, auf dem nach den Regenfluten des Morgens glitschigen Grünstreifen, der zum Main hinabführte, ein anderes war gegen einen Baum geprallt, die Fahrerin war eingeklemmt. Paul begann sofort mit der Rettungsarbeit. Er hebelte mit der großen Brechstange die Tür des Autowracks auf, um die Verletzte zu befreien, und kümmerte sich dann um die Erstversorgung. Die Frau schien nur leicht verletzt zu sein.

Paul sah sich nach weiteren Verletzten um und bemerkte eine Frau, die am Straßenrand auf dem Grünstreifen saß und weinte. Er sprach sie an. Sie schluchzte: »Mein Kind. Wo ist mein Kind?« Paul blickte umher, ein Kind war nicht am Unfallort zu sehen. Er blickte hinüber zu dem Wrack mit den offenen Türen und es kam ihm so vor, als stünde es mittlerweile ein Stück tiefer am Abhang. Konnte es sein, dass in dem Fahrzeug ein Kind war? Er sprang auf und rannte über die durchweichte Böschung zum, wie er nun sah, tatsächlich langsam abrutschenden Auto. Inzwischen hörte er Sirenen näherkommen, seine

Kameraden waren fast zur Stelle. Er blickte in den Wagen und sah eine kleine Gestalt im hinteren Fußraum liegen. Wenn er eine falsche Bewegung machte, konnte das dazu führen, dass das Fahrzeug endgültig wegrutschte und samt Kind im Wasser landete. Aber auf die Kollegen warten, damit die das Fahrzeug mit Seilen sichern konnten, war auch keine Option. Er konzentrierte sich, griff dann mit ruhiger Entschlossenheit den kleinen Körper mit beiden Händen und zog ihn aus dem Fahrzeug. Dreißig Sekunden später hielt der Gerätewagen der freiwilligen Feuerwehr oben auf der Straße an, gleichzeitig kippte das Autowrack in den Main.

Nachdem die Verletzten ins Krankenhaus gebracht worden waren, kehrte Paul zur Feuerwache zurück. Seine Kameraden lobten ihn für seinen Mut und seine Entschlossenheit. Doch Paul wehrte ab, denn das alles hielt er für selbstverständlich. Sonst wäre er ja nicht bei der Freiwilligen Feuerwehr. Seine Bereitschaft, anderen in Not zu helfen, war ein Teil seiner Persönlichkeit. »Allerdings …«, sagte er, »wenn ich nicht *allzeit bereit* die Ausrüstung im Auto gehabt hätte und erst mit euch zusammen am Unfallort angekommen wäre, hätten wohl die entscheidenden dreißig Sekunden gefehlt.«

Zehn Tage später, als Paul gerade in der Wache war, wurde er zum Eingang gerufen. Dort stand ein kleines Mädchen mit einem Blumenstrauß und strahlte Paul an: »Ich will auch Feuerwehrmann werden, so wie du«, sagte das Kind, das um ein Haar im Main ertrunken wäre. Paul lächelte und beugte sich zu dem Mädchen hinunter. »Dann denk immer daran, *allzeit bereit* zu sein, anderen zu helfen. Das ist das Wichtigste, was ein Feuerwehrmann tun kann.«

Das kleine Mädchen nickte und rannte davon. Paul hoffte, dass die Botschaft, die er dem Kind mitgegeben hatte, weiterleben würde, auch wenn das Mädchen später eine andere Berufswahl treffen sollte.

xxvii

VOLLAUTOMATISCHE KARTOFFELN

Seit wir den Schrebergarten haben, staune ich immer wieder. Als Stadtmensch mit einem Büroberuf macht man sich ja keine Gedanken über so etwas. Oder Sie vielleicht schon, aber mir waren solche Dinge nie in den Sinn gekommen. Das ist schon beeindruckend, was da geschieht, ohne dass wir daran beteiligt sind. Außer ganz am Anfang und ganz am Ende. Das finde ich richtig knorke.

Anfang April hatten wir, meine Frau und ich, Kartoffeln ganz hinten im Küchenschrank gefunden, die hässliche lange Triebe bekommen hatten und fürchterlich schrumpelig waren. Ich wollte sie in die Bio-Mülltonne werfen, die uns die Berliner Stadtreinigung vor ein paar Jahren ungefragt vor die Haustür gestellt hatte. Aber meine Frau, meinte: »Die verbuddeln wir im Garten. Vielleicht wird ja was draus?«

Wir sind Laien, was die Gartenarbeit betrifft. Eigentlich ist das Grundstück ein Erholungsort für uns, wir haben einen großen Pool aufgestellt, gemütliche Sitzecken geschaffen und genießen nach Feierabend die Ruhe und bei entsprechender Witterung die Abkühlung im eigenen Schwimmbad. Immerhin ist das Becken sechs Meter lang, drei Meter breit und einen Meter siebzig tief. Da kann man schwimmen, nicht nur planschen.

Aber zurück zu den Kartoffeln! Im September bemerkte ich eines Nachmittags nach einem kräftigen Gewitterregen in dem Fleckchen Erde, wo wir die Schrumpelknollen verbuddelt hatten, dass da, wo der Regen die Erde weggeschwemmt hatte, Kartoffeln zum Vorschein kamen. Ich hatte nicht mehr daran gedacht, was da wuchs, die grünen Pflanzen, die dort sprossen, fand ich nicht besonders hübsch, aber auch nicht hässlich.

Ich rief meine Frau und wir fingen an, ein wenig zu buddeln … es kamen jede Menge wunderschön glatte und, nachdem wir die Erde abgespült hatten, appetitliche Kartoffeln zum Vorschein.

Wir haben in den nächsten Wochen reichlich genossen, was man daraus so alles an Gerichten zaubern kann, von der gefüllten Backofenkartoffel bis zum sahnigen Kartoffelpüree als Beilage.

Ist das nicht großartig? Man schläft und steht auf und arbeitet am Schreibtisch und verbringt Zeit im Garten, schwimmt und sonnt sich … und plötzlich hat man frische, knackige und noch dazu richtig wohlschmeckende Kartoffeln für viele Wochen im Haus. Sozusagen vollautomatisch.

Wenn das nicht knorke ist, was dann?

xxviii

DAS WÄREN WOHLVERDIENTE OHRFEIGEN

Zuerst war da die Schulzeit mit sehr guten Noten bis zum Abitur, das sollte man nicht vergessen. Ein freiwilliges soziales Jahr gehörte zum guten Ton, also wurde es absolviert. Dann schloss sich ein Rechtswissenschafts-Studium für neun Semester an, in dem ein Pflichtpraktikum zu absolvieren war. Es folgte das Erste Staatsexamen. Anschließend kam der zweijährige Vorbereitungsdienst an die Reihe, gefolgt vom Zweiten Staatsexamen. Darauf-

hin begann das Richteramt auf Probe, das vier Jahre dauerte. Und dann – endlich! – folgte die Ernennung zum Richter auf Lebenszeit.

Als Justus Mergentheimer schließlich seinen Berufswunsch verwirklicht hatte, war er müde geworden von diesen Jahren, die ihm viel Kraft und allerlei Opfer abverlangt hatten. Er sehnte sich nach Entspannung, Beständigkeit und Ruhe Er wollte nun endlich in der Lage sein, die Früchte des langen Weges zu genießen. Das hieß für ihn, dass er schwierige Fälle den Praktikanten und den Richtern auf Probe zuschob und selbst nur das übernahm, was ohne Komplikationen und mühsame Recherchen zu bewältigen war.

Gabriele Wolter war Sekretärin in einem Industriebetrieb, fleißig, unbescholten und Opfer einer mit betrügerischen Methoden operierenden Kfz-Werkstatt geworden. Sie wollte ihr Fahrzeug verkaufen und hatte es, um einen besseren Preis zu erzielen, in der Werkstatt durchsehen und durch die fällige TÜV-Prüfung bringen lassen. Mit frischem TÜV und lückenlos gestempeltem Wartungsheft hatte sie dann das Auto für einen fairen Preis über eine Internet-Plattform verkauft.

Der Kunde bemerkte schon bald, dass an dem Wagen einiges nicht in Ordnung war und fuhr damit zur DEKRA. Der Prüfer entfernte nach der Kontrolle des Fahrzeugs die Prüfplakette vom Nummernschild, weil das Auto nicht verkehrssicher war. Ein Gutachter stellte anschließend fest, dass mehrere der von Gabriele Wolter bei der Werkstatt bezahlten Reparaturen und Arbeiten gar nicht ausgeführt worden waren.

Der Käufer wollte von Gabriele Wolter sein Geld zurück … da sie eine ehrliche Haut und entsetzt über den Betrug war, überwies sie sofort den Kaufpreis, bekam das Fahrzeug zurück und erwartete von der Werkstatt, dass nun auch sie entschädigt werden würde.

Herr Schauricht, der Inhaber der Werkstatt, bestritt aber alles, erfand Ausflüchte, unterstellte sogar, dass Gabriele Wolter an dem Auto dies und das manipuliert hätte … schließlich zeigte sie ihn an und die Akte landete auf dem Tisch des Justus Mergentheimer.

Der Fall war dem Richter lästig, Kleinkram in seinen Augen, der unnötig viel Arbeit verlangte. Gutachten, Gegengutachten, Akteneinsichten, Beweissicherung … Justus Mergentheimer hatte keine Lust, sich damit zu beschäftigen und schob die Akte immer wieder ganz nach unten in den Stapel seiner Fälle. Er fand zu seinem Leidwesen niemanden, dem er den Fall übertragen konnte. Außerdem war es am Gericht schon aufgefallen, dass er gerne langweilige Vorgänge weiterschob. Übertreiben durfte er es auch nicht, das war Mergentheimer klar.

Gabriele Wolter war betrogen worden und im Recht. Aber solange das Gericht das nicht feststellte, nützte ihr das nichts. In ihrer Not fing sie an, den Richter täglich anzurufen. Meist erreichte sie nur das Sekretariat, aber die Damen dort hatten Mitleid und stellte sie ein paar Mal zum Richter durch. Das brachte den Sekretärinnen ein Donnerwetter ein … die Akte blieb dennoch ganz unten im Stapel.

Gabriele Wolter schrieb schließlich einen Brief an die Lokalzeitung, Kopien aller Unterlagen, die sie hatte, legte sie bei. Am übernächsten Tag bekam sie Besuch von einem Journalisten, der sich alle Unterlagen ansah. Schon am Tag darauf erschien in der Zeitung ein Artikel über Schlendrian und Verschlepperitis am Gericht, in dem der Name des Richters mit »Justus M.« wiedergegeben wurde. Bei insgesamt sechs Richtern in der Stadt, von denen nur einer Justus hieß, war allen klar, um wen es hier ging. »Ich könnte ihn ohrfeigen, das können Sie mir glauben!« wurde Gabriele Wolter zitiert. Der Journalist hatte den Artikel mit den Worten »… und das wären wohlverdiente Ohrfeigen!« beendet.

Mergentheimer war wütend. Seinen ersten Impuls, die Akte einfach verschwinden zu lassen und so zu tun, als wisse er von nichts, verwarf er aber schnell. Das war keine nachhaltige Lösung. Zu viele im Gericht wussten, dass er die lästige Anruferin immer wieder hingehalten hatte.

Er zog statt dessen schließlich die Akte unter den anderen hervor und mutmelte: »Wenn ich auch auf Gott und die Welt pfeife, will ich dieser Sekretärin doch zu ihrem Recht verhelfen, weil sie mir lästig ist. Am Ende kommt sie noch ins Gericht und wird handgreiflich gegen mich … die ganze Stadt würde nach diesem Artikel applaudieren.«

Nur zwei Wochen darauf fand der kurze Prozess statt. Natürlich herrschte nun reges Interesse der lokalen Medien und der Öffentlichkeit, der Gerichtssaal war voll. Herr Schauricht wurde verurteilt. Seine Werkstatt musste er wenige Wochen später schließen, da seine Kunden abwanderten.

Man munkelt, dass Justus Mergentheimer seither etwas fleißiger geworden wäre … nun ja. Vermutlich nur, um einer weiteren rufschädigenden Episode vorzubeugen.

xxix

PAUL MACHT IMMER ALLES RICHTIG

Paul, drei Jahre älter als Georg, machte immer alles richtig. So sah es nicht nur für Georg aus, sondern auch für Johanna, die Mutter der beiden Jungen. Paul war fleißig, Paul brachte gute Noten nach Hause, Paul machte kaum einmal seine Kleidung schmutzig, geschweige denn kaputt …

Georg dagegen konnte ewig in die Luft starren und sich Geschichten ausdenken, Georg brachte ab und zu befriedigende, meist gerade noch ausreichende Noten aus der Schule mit, Georgs Hosen hatten ständig aufgerissene Knie und waren voller Schlamm oder Grasflecken …

Heute früh hatte Johanna, weil sie einen langen Arbeitstag mit Doppelschicht vor sich hatte und morgen Tante Trudchen zu Besuch kommen würde, ihre Jungen darum gebeten, bis zum Abend ihre Zimmer und bitte bitte auch die Küche aufzuräumen.

»Och nö, keine Lust!« maulte Georg.

»Na klar Mama, wird gemacht!« versprach Paul.

Nach der Schule war Paul mit einem Klassenkameraden, der unweit der Schule wohnte, zum Lernen verabredet. Sie lernten und lernten und lernten.

Nach der Schule war es Georg langweilig. Hausaufgaben machen fand er doof. Er legte sich in seinem Zimmer auf den Teppich und erfand eine Geschichte von einem Poltergeist, der nicht polterte, sondern Ordnung machte. Um die Geschichte lebensechter zu machen, schlüpfte Georg in die Rolle des Geistes und räumte Stück für Stück sein Zimmer auf. Danach hatte der Poltergeist Lust, sich an der Küche zu versuchen. Als die blitzblank und ordentlich wie das Objekt einer Möbelausstellung aussah, wollte der Poltergeist noch mit dem Staubsauger durch die ganze Wohnung düsen.

Als Johanna gegen 18 Uhr die Wohnung betrat, dachte sie: »Ach Paul du bist ein Schatz.« Dann bemerkte sie, dass ihr älterer Sohn noch gar nicht zu Hause war.

Sprachlos stand sie in der Tür zu Georgs tadellos aufgeräumtem Zimmer. Der lag auf dem Teppich und strahlte sie vergnügt an.

xxx

DER VOGELFREUND

Ich habe nichts daran auszusetzen, dass die Vögel fressen, was beim Säen auf den Weg fällt, denn vom Weg kann sowieso niemand etwas ernten. Der sandige Pfad wird täglich von vielen Menschen benutzt, die zwischen unserem Dorf und dem Nachbarort unterwegs sind. Die Samenkörner werden entweder von solchen Passanten zertreten, oder die Vögel haben etwas davon, nämlich Nahrung für sich und womöglich Futter für ihre Jungen im

Nest. Die Vögel beeilen sich immer, vor irgendwelchen Wanderern zur Stelle zu sein.

Mein Bruder, ein Geizhals wie er noch nicht einmal im Buche steht, hält mich für verschwenderisch, verdächtigt mich sogar mitunter, absichtlich etwas von dem kostbaren Saatgut für die Vögel hinzuwerfen. Er hat damit inzwischen sogar Recht. Vor ein paar Jahren war es noch reine Unachtsamkeit von mir, aber jetzt lasse ich ganz bewusst ein paar Körner hier und ein paar Körner dort für die hungrigen gefiederten Geschöpfe fallen. Schon um meinem Bruder und seinem Geiz nicht nachzueifern.

Ich säe noch so, wie unsere Vorfahren seit undenklichen Zeiten gesät haben. Die Hand greift in den Leinenbeutel, den ich mir umgebunden habe, dann wird der Same mit tausendfach geübtem Schwung im Halbbogen großzügig auf die Erde verteilt. Nun liegt mein Feld am Fuß des einzigen Berges weit und breit, so dass beim Säen am Rand auch die eine oder andere Handvoll Samen auf dem felsigen Boden landet, der am Abhang vorherrscht. Die Saat dort geht immer früher auf als die auf dem tiefen Boden, allerdings sorgt die Sonne dann dafür, dass die Halme verdorren, noch bevor irgendwelche Frucht zu erwarten wäre.

Natürlich hat mein Bruder auch das bemerkt und mich deswegen gescholten. Nur weil er drei Jahre älter ist, hat er mir trotzdem nichts zu sagen, denn erwachsen sind wir schließlich beide. Es wäre jedoch vergebliche Liebesmüh, ihm diese Verschwendung am Rande des Berges zu erklären. Dabei ist die Sache recht einfach, wenn man sie nur verstehen will. Die trockenen Halme sind für die Vögel ganz hervorragend geeignetes Nistmaterial. An so einer Vogelwohnung gibt es ja immer etwas auszubessern, nachzupolstern, aufzuhübschen. Sollen die Vögel das etwa mit Zweigen aus den Dornenhecken versuchen, die mein Feld von dem meines Bruders abgrenzen? Das Ergebnis wäre ziemlich unbehaglich für meine gefiederten Freunde, nehme ich an.

In diesen Dornenhecken lebt eine erstaunliche Vielfalt von Tieren. Mäuse, Igel, massenhaft Insekten … - und sogar Vögel, denn manche Rassen bauen gerne ihre Nester in die Dornenhecke, damit die hungrigen Katzen, die übrigens meinem Bruder gehören, nicht an den Nachwuchs kommen, wenn die Vogeleltern auf Nahrungssuche sind. Also ist es ja nur logisch, dass ich beim Säen an der Hecke nicht sonderlich vorsichtig bin. Da darf ruhig manches Korn zwischen die Zweige fallen. Die Dornen ersticken die Saat, klare Sache, aber einiges davon holen sich die Mäuse, und über die erstickten Halme, die ein paar Zentimeter gewachsen sind, freuen sich wiederum die kleinen Nestbaumeister.

Wenn man meinem Bruder zuhört, glaubt man, dass ich mein ganzes Saatgut verschwende. Er neigt eben immer zum Übertreiben. Ich wäre ja inzwischen so verarmt wie er, wenn er recht hätte. Er sät immer sehr sparsam, man könnte fast meinen, dass er einzelne Körner aus seinem Beutel holt und fallen lässt, in genau berechnetem Abstand. Er bestreitet das, aber auf seinem Feld sieht es im Herbst immer ziemlich geometrisch aus. Na ja.

Meine unvorsichtig ausgestreute Saat, das können Sie sich ja denken, fällt zum großen Teil natürlich auf guten Boden. Und wenn alles reif ist, ernte ich an einigen Stellen hundertfach, an anderen sechzigfach, und an den trockenen Stellen zum Berg hin immerhin noch dreißigfach. Obwohl die Vögel und Mäuse so viel abbekommen haben.
xxxi

EINE EINZIGARTIGE SICHT

In Leutkirch, einer kleinen Stadt im Allgäu, umgeben von sanften Hügeln und duftenden Blumenwiesen, lebte ein Mann namens Elias. Er war seit seiner Geburt blind, aber er kannte sich in seiner vertrauten Umgebung bestens aus. Womöglich besser als manche Zeitgenossen, die gesunde Augen hatten. Er kannte die Wege, die Gassen, orientierte sich an Gerüchen und Geräuschen, die seine Welt ausmachten.

Allerdings fühlte Elias sich oft einsam. Er hatte niemanden, mit dem er die Schönheit seiner Welt teilen konnte. Die Sehenden waren nicht daran interessiert, zuzuhören, wenn ein Blinder ihnen die Welt auf seine Weise beschreiben wollte. Sie wussten ja besser, meinten sie, wie alles ringsum beschaffen war.

Eines Tages hörte Elias von einem anderen blinden Mann namens Lukas, der in der Nachbarstadt Aichstetten lebte. Lukas war dem Vernehmen nach genauso allein wie Elias. Womöglich sehnte er sich danach, mit einem Kameraden die Welt zu erkunden? Elias beschloss, Lukas zu besuchen und – falls ein guter Start gelingen sollte – kennen zu lernen. Er freute sich darauf, Lukas die Wunder seiner Stadt zu zeigen und ihm das gleiche Gefühl von Freiheit zu geben, das er selbst so sehr schätzte. Elias machte sich auf den Weg zur Nachbarstadt, die zehn Kilometer waren dank des Fahrdienstes, den es immerhin auch in seiner kleinen Stadt gab, in 15 Minuten zu bewältigen.

Lukas war skeptisch, aber er hatte den Eindruck, dass Elias aufrichtig war und die beiden Männer verabredeten sich bald regelmäßig. Gemeinsam begannen sie, zunächst Leutkirch zu erkunden. Elias erzählte Lukas von den Klängen, den Gerüchen und den Texturen, die er kannte und führte ihn an die entsprechenden Stellen. Er beschrieb die blühenden Blumen, das Plätschern des Brunnens und das Lachen der spielenden Kinder. Lukas hörte aufmerksam zu und nach etlichen gegenseitigen Besuchen fing er an, wie Lukas viel mehr auf all das zu achten, was er mit seinen Sinnen erfassen konnte, als sich darüber zu grämen, dass ihm das Augenlicht versagt war. Sie wanderten Seite an Seite. Trotz ihrer Blindheit waren sie dabei, die Welt zu erobern, ihre Freundschaft wuchs mit jedem Schritt, den sie gemeinsam unternahmen.

Eines Tages, als sie durch einen Park spazierten, stolperte Lukas über eine Wurzel und wäre fast gestürzt. Elias fing ihn jedoch geschickt auf und half ihm, wieder seine Balance zu gewinnen. Lukas lächelte und sagte: »Du bist wirklich ein erstaunlicher Wegführer, Elias. Manchmal frage ich mich beinahe, ob du nicht heimlich sehen kannst.«

Elias antwortete: »Kann ich nicht, und muss ich auch nicht. Ich bin einfach nur aufmerksam … und auf alles gefasst. Zusammen sind wir sogar noch geschickter. Du lehrst mich, die Welt mit deinen Sinnen zu sehen, und ich zeige dir die Welt, wie ich sie in meinem Inneren sehe.«

Die beiden Freunde gingen weiter, Seite an Seite, und fanden in ihrer gemeinsamen Blindheit eine einzigartige Sicht auf die Welt. Sie hatten verstanden, dass es für das Sprichwort »Wenn ein Blinder einem anderen Blinden Wegführer ist, werden beide in die Grube fallen« Ausnahmen von der Regel geben konnte. Sie hatten einander gefunden und festgestellt, dass sie aufgrund ihrer Freundschaft die Hindernisse des Lebens gemeinsam leichter meistern konnten, egal wie dunkel ihre Welt in den Augen der sehenden Zeitgenossen auch sein mochte.

xxxii

DIE SONDERPRODUKTION

Herr Dietrich Konrad ging zum Jobcenter, um Hilfskräfte für eine Sonderproduktion von Holzpaletten zu suchen. Ein Auftrag war hereingekommen, den er angenommen hatte, obwohl er wusste, dass mit seinem Stammpersonal der Liefertermin unmöglich zu halten war. Angesichts der hohen Arbeitslosigkeit sollte es kein Problem sein, die zusätzlich benötigten Arbeiter zu finden, hoffte er. Die notwendige Qualifizierung bestand darin, mit Hammer und Nagel umgehen zu können, das war alles.

Beim Jobcenter warteten um neun Uhr bereits etwa fünfzig Personen, die meisten männlichen Geschlechts. Herr Konrad unterbreitete laut sein Angebot: »Ich brauche sofort Hilfskräfte, die aus zugeschnittenen Holzlatten und Klötzen Paletten herstellen. Ich zahle fünfundachtzig Euro für den Tag.«

»Bar auf die Kralle?«, fragte ein bärtiger Muskelprotz.

»Jawohl, zum Feierabend bekommen Sie das Geld ausgezahlt.«

Ein Jugendlicher mit rot-gelb-grün gefärbtem Haarschopf wollte wissen: »Bin ick denn ooch vasichert?«

»Wenn etwas passiert, wovon ich nicht ausgehe, sorge ich dafür, dass Sie bestmöglich behandelt werden. Ich stelle natürlich Werkzeuge, Arbeitsschuhe und Schutzhandschuhe. Sie müssten nur den Nagel treffen und nicht den Finger, wenn Sie einen Hammer in die Hand nehmen.«

Einige Männer waren bereit, den Job zu übernehmen. Herr Konrad gab jedem die Anschrift der Firma, sagte ihnen, bei wem sie sich melden sollten und sie gingen zur nahen U-Bahn-Station, um sich auf den Weg zu machen, den unverhofften Verdienst vor Augen.

Um elf Uhr machte Herr Konrad einen Rundgang durch die Produktionshalle. Die Aushilfen waren fleißig bei der Arbeit, allerdings waren sie bei weitem nicht genug, um den Auftrag zu bewältigen. So kehrte Herr Konrad zum Jobcenter zurück. Es gelang ihm, weitere Arbeitssuchende anzuwerben. Er versprach eine gerechte Entlohnung und sie machten sich auf den Weg zur Firma.

Dort ging die Arbeit nun zügiger voran, doch als Herr Konrad um zwölf Uhr dreißig die fertigen Paletten zählte, wurde ihm klar, dass er noch mehr Hilfskräfte brauchen würde. Um dreizehn Uhr und noch einmal um fünfzehn Uhr gelang es ihm, die Mannschaft aufzustocken.

Auf dem Rückweg vom Jobcenter kam er am Hermannplatz vorbei, wo etliche Männer vor einem Imbiss standen, Bierflaschen in der Hand und Trübsinn im Gesicht.

»Haben Sie keine Arbeit?«, fragte Herr Konrad.

»Nö. Uns will ja keener haben.«

»Wollen Sie mir helfen, einen großen Auftrag heute noch zu erledigen? Es geht um das Zusammennageln von Paletten.«

»Kommt uff die Knete an.«

»Sie werden es nicht bereuen!«

Tatsächlich kamen vier der Müßigen mit zur Firma, nahmen Hämmer in die Hand und nagelten munter drauf los.

Um neunzehn Uhr war es geschafft. Siebenhundertfünfzig Holzpaletten standen zum Versand bereit.

Herr Konrad fing an, den Aushilfen ihren Lohn auszuhändigen. Jeder bekam hundert Euro in bar.

Nun entstand erhebliche Unruhe. Diejenigen, die morgens angefangen hatten, wurden sauer. Der bärtige Muskelprotz maulte: »Ich schufte hier den ganzen Tag, bekomme 100 Euro, und der Heini, der gerade mal drei Stunden den Hammer geschwungen hat, bekommt genauso viel? Schweinerei!«

Ein schmächtiger Türke stimmte zu: »Ist nischt gerecht! Isch habe ganzen Tag Staub geatmet, bin nischt Pause gegangen, und nun nischt mehr Lohn als Faulpelz da drüben?«

Herr Konrad schüttelte den Kopf. Er meinte: »Waren wir uns nicht einig, dass Sie fünfundachtzig Euro bekommen? Und nun sind es sogar hundert, weil die ganze Lieferung pünktlich bereitsteht. Wo hätte ich Sie denn bitteschön übervorteilt? Es ist doch wohl meine Sache, wie ich mein Geld verteile, oder?«

»Trotzdem, das ist fies«, schimpfte der Punk mit dem Jamaika-Schopf.

»Weil ich großzügig bin, bin ich fies?«, wunderte sich Dietrich Konrad halblaut. »Manchmal verstehe ich die Welt nicht mehr ...«

xxxiii

FEST OHNE GÄSTE

In einem abgelegenen bayerischen Dorf namens Sigmundsgrün, das von dichten Wäldern und hohen Bergen umgeben war, existierte eine einzigartige, lebhafte Gemeinschaft. Die Dorfbewohner waren bekannt für ihre Liebe zur Musik und zur Natur. Jede Jahreszeit wurde mit fröhlichen Festen gefeiert, bei denen Gesang, Tanz und Musik die Hauptattraktionen waren.

Eines Sommers, als die Sonne warm und der Himmel wolkenlos war, beschlossen die beiden örtlichen Vereine, ein neues großes Fest zu erfinden und zu veranstalten. Viele Menschen probten nun wochenlang, um ihre Lieder und Tänze zu perfektionieren. Die Beteiligten waren voller Vorfreude. Aber das Fest sollte eine Überraschung für die Dorfgemeinschaft werden, daher drang nichts nach außen.

Am Festtag schmückten der Musikantenverein und die Tanzgruppe den zentralen Platz mit bunten Fahnen, Blumen und Lichtern. Die Musiker stimmten ihre Instrumente, die Tänzer übten noch einmal ihre Schritte. Alles war bereit. Die Musik begann, die Klänge füllten die Luft. Die Tänzer wirbelten und drehten sich in perfekter Harmonie. Die Sänger sangen mit leidenschaftlichen Stimmen, und die Lieder drangen bis in die entlegensten Winkel des Dorfes. Doch zu ihrer Überraschung sahen die Musiker und Tänzer, dass niemand von den Bewohnern des Bergdorfs zum Fest kam.

Verwundert und ein wenig traurig sangen sie ein Klagelied. Sie hofften, dass die Bewohner des Bergdorfs nun endlich dem Klang folgen und sich ihnen anschließen würden. Doch alle schienen taub zu sein.

Die Akteure, die ihr Bestes gegeben hatten, waren enttäuscht. Sie fühlten sich verlassen und unverstanden. Sie beendeten ihr Klagelied, doch niemand hatte sich an die Brust geschlagen, um ihre Trauer zu teilen.

In der Stille, die auf das Klagelied folgte, begannen sie nachzudenken. Sie wussten, dass die Bewohner des Bergdorfs kaum aus Ignoranz oder Gleichgültigkeit heraus ferngeblieben waren. Trotz der Enttäuschung beschlossen die Musiker und Tänzer, die Bewohner von Sigmundsgün zu befragen, was sie gehindert hatte, das Überraschungsfest zu besuchen.

Sie erfuhren, dass viele Bewohner des Bergdorfes von einer schweren Magen-Darm-Erkrankung heimgesucht wurden. Die Menschen waren zu müde und zu krank, um zu feiern. Warum kein einziger der Musikanten und der Tänzer von der grassierenden Infektion betroffen war, konnte niemand erklären.

Mit der Zeit kehrte die Freude in das Bergdorf zurück. Und man erzählte sich noch lange, wie am nächsten Sonntag der Pfarrer das misslungene Fest ganz trefflich mit einem Zitat aus seiner großen Bibel kommentiert hatte: »Ein jegliches hat seine Zeit, und alles Vorhaben unter dem Himmel hat seine Stunde«

xxxiv

DER ZEHNTE UMSCHLAG

Lisa lud alle ihre Freundinnen zu der Feier ein, deren Anlass zunächst vollkommen im Dunkel lag. Es gab keinen Geburtstag zu feiern, kein Jubiläum, keinen religiösen Jahrestag ... alle fragten sich, was es denn wohl zu feiern gab. Und alle kamen, denn die Neugier war natürlich groß. Gleich bei der Begrüßung der Gäste, als alle endlich im Garten beisammenstanden, lüftete Lisa das Geheimnis.

»Wie ihr alle wisst, habe ich zur Hochzeit von meinem lieben Mann zehn Umschläge bekommen, die ich im Falle seines Todes öffnen soll. Was in den Umschlägen sein mag, weiß ich nicht, nur so viel, dass damit meine finanzielle Versorgung als Witwe gesichert ist. Und dass alle zehn zusammengehören. Er ist nun mal Künstler, nur einem Künstler können solche Ideen kommen ... immer ein wenig geheimnisvoll. Magisch. Zauberhaft bezaubernd. Unter anderem darum liebe ich ihn.«

Lisa hat, das muss man an dieser Stelle wissen, keine Rentenversicherung. Keine Ersparnisse. Es gibt kein Bankkonto mit nennenswertem Bestand. Es gibt keinen Grundbesitz, der dem Paar gehören würde. Lisas Mann ist Künstler, Artist, die beiden leben von den Gagen, die im Falle eines Engagements gezahlt werden. Mal schlecht, mal recht. Auf staatliche Unterstützung besteht aus Gründen, die hier nichts zur Sache tun, kein Anspruch. Die beiden leben von der Hand in den Mund, buchstäblich. Und Lisa wird nie arbeiten können, weil sie am chronischen Erschöpfungssyndrom leidet, seit ihr einziges Kind drei Monate nach der Geburt entführt wurde. Bis heute, und das ist nun dreißig Jahre her, gibt es keine Spur in dem Fall.

Was in den geheimnisvollen zehn Umschlägen stecken mochte, darüber hatten die Freundinnen schon so manches Mal gerätselt und gemutmaßt. Doch das musste wohl, da war Lisa eisern, ein Mysterium bleiben, solange sie nicht zur Witwe wurde, was ihr natürlich niemand wünschte, denn die beiden waren ein ganz und gar liebevolles Paar.

»Er«, fuhr Lisa fort und meinte damit ihren Mann, »ist ja zur Zeit auf Tournee und ich wollte mal richtig gründlich putzen, wo man sonst kaum hinkommt. Die zehn Umschläge legte ich mit all den Büchern und Andenken und Bildern und Schnickschnack aus dem

Wohnzimmer auf das Bett, wischte die Regale feucht aus und räumte dann Stück für Stück wieder ein. Das dauerte zwei Tage, ihr wisst ja um meinen Zustand. Zuletzt sollten die zehn Umschläge auf an ihren Platz ganz oben auf dem Regal kommen … und es waren nur noch neun.«

»O weh!« »Ach nein!« »Du Ärmste!« klang es aus den Mündern der Freundinnen.

»Also habe ich Buch für Buch durchgeblättert, Gegenstand für Gegenstand herausgenommen, mit der Taschenlampe hinter das Regal geleuchtet … und schließlich fand ich den Umschlag in unserem Bett. Er war zwischen die beiden Matratzen gerutscht. Nun feiert mit mir, ich habe einen Apfelkuchen gebacken!«

Natürlich hatten die Freundinnen Kuchen und Kaffee in Thermoskannen mitgebracht … alle wussten ja, wie es um die Finanzen des Paares bestellt war. Die Freude war groß. Riesengroß. Außenstehende können das wahrscheinlich gar nicht nachvollziehen, aber für die frohe Runde im Garten war es, als wäre etwas ganz Besonderes geschehen.

xxxv

DU KANNST DIE SCHAFE HÜTEN

In einer kleinen Stadt, umgeben von sanften Hügeln und weiten Feldern, lebte ein Mann namens Robert Hafleck. Robert war der älteste Sohn einer angesehenen Bauernfamilie. Von Kindheit an hatte er auf dem elterlichen Hof hart gearbeitet, das Land bestellt und das Vieh versorgt. Die Liebe zur Landwirtschaft und zur Heimat lag ihm im Blut.

Doch im Herzen von Robert brodelte zunehmend eine Sehnsucht, die er nicht länger ignorieren konnte. Er hatte vom fernen Berlin gehört, dort sollte es politische Ämter und gewaltige Einkommen für Politiker geben. Jede Nacht, wenn er unter dem klaren Sternenhimmel lag und den Wind in den Bäumen hörte, spürte er den Ruf des Bundestages und der unendlichen Möglichkeiten. Sein Vater, ein weiser und erfahrener Mann, sah die Unruhe in Roberts Augen und spürte schon eine Weile, dass sein Sohn die Welt erkunden musste, um seine wahre Bestimmung zu finden.

Eines Tages kam Robert dann tatsächlich zu seinem Vater und sagte: »Vater, ich spüre, dass ich nach Berlin gehen und das Land regieren muss. Ich möchte Anordnungen und Verbote erlassen und herausfinden, wer ich wirklich bin. Ich werde vielleicht wiederkommen, das weiß ich noch nicht, aber ich muss gehen.«

Sein Vater nickte mit einem traurigen Lächeln und sagte: »Mein Sohn, du trägst unsere Wurzeln in deinem Herzen, und sie werden dich immer nach Hause rufen. Geh und schau, ob du findest, was du suchst. Ich warte hier auf deine Rückkehr, denn du bist und bleibst mein Sohn.«

Robert verabschiedete sich von seiner Familie und verließ das Dorf in Richtung Hauptstadt. Er reiste als Politiker schon bald durch ferne Länder, sah Städte und Kulturen, die er sich nie hatte vorstellen können, und lernte auch die harte Schule des Lebens kennen. Immer mehr Menschen in seiner Umgebung bemerkten, dass er eigentlich von nichts eine Ahnung hatte und sozusagen im Blindflug unterwegs war. Je öfter er mit seinen Ideen an der Realität scheiterte, desto mehr fühlte er eine Sehnsucht nach seinem Zuhause, nach den weiten Feldern und den freundlichen Gesichtern seiner Familie.

Der jüngere Bruder, Felix Hafleck, hatte widerwillig die Aufgabe übernommen, sich auf die Nachfolge des Vaters vorzubereiten. Viel lieber wäre er ja Musiker geworden, aber er sah die Sachzwänge … sein Vater würde nicht ewig leben, und der Hof, seit über 300 Jahren im Familienbesitz, sollte nun nicht wegen Roberts verrückten Ideen vor die Hunde gehen.

Schließlich, nach einigen Jahren des Regierens und Scheiterns, kehrte Robert in seine Heimat zurück. Die Jahre hatten ihn verändert und ernüchtert, sein Herz gehörte wieder der Landwirtschaft, in der er aufgewachsen war. Als er das Dorf erreichte, traute er sich kaum, an die Tür des väterlichen Hofes zu klopfen, weil er sich nun seiner hochfliegenden Träume schämte.

Sein Vater öffnete und nahm seinen Sohn in die Arme. Tränen der Freude traten in seine Augen, als er seinem Robert wieder ins Gesicht schauen konnte. »Willkommen zurück, mein Sohn«, sagte er mit brüchiger Stimme. »Du warst verloren, aber jetzt bist du wieder da, und das ist alles, was zählt.«

Felix Hafleck würdigte den Heimkehrer keines Blickes, als dieser in die Küche trat. »Wenn du meinst, du kannst jetzt wieder den Erben spielen, dann hats du dich geschnitten!« sagte er. Wir waren längst beim Notar … der Vater hat mir den Hof überschrieben. Wenn du bleiben willst, kannst du die Schafe hüten, sonst ist gerade kein Job frei.«

xxxvi

SPÄTE EINSICHT

In einer malerischen und abgelegenen Bergregion lebte ein freundlicher Hirte namens Robert. Einst war er aufgebrochen, um die Geschicke des Landes zu lenken, doch seit ein paar Jahren war er wieder in der Heimat. Dass er die Schafe hütete, hatte er seinem Bruder zu verdanken, dem der Hof gehörte. Einen anderen Posten bekam Robert nicht … und inzwischen war er damit sogar zufrieden. Er hatte festgestellt, dass dies womöglich die Beschäftigung war, die er sein bisheriges Leben lang vergeblich gesucht hatte: er war endlich und zum ersten Mal rundum zufrieden. Jeden Morgen führte er seine Herde von Schafen auf die saftigen Weiden, um sicherzustellen, dass sie genug Gras zum Fressen hatten. Er kannte sie, sie kannten ihn … und er hatte viel Ruhe, um darüber nachzudenken, warum seine politische Karriere gescheitert war. Er kam der Sache langsam immer näher. »War ich einfach zu sehr von mir überzeugt? War ich taub und blind für Menschen, die es besser wussten und konnten?«

Eines Tages bemerkte er, dass eines von seinen Schafen fehlte. Das Tier mit den braunen Ohrspitzen war verschwunden.

Besorgt zählte Robert seine Schafe noch einmal durch, doch das eine Schaf, das ihm besonders ans Herz gewachsen war, war nicht da. Er ließ die Herde auf der Weide und machte sich auf die Suche nach dem verlorenen Schaf. Die Sonne stand bereits tief am Himmel. Robert wanderte durch die Berge, über Wiesen und durch dichte Wälder, rief den Namen des Schafs und lauschte auf jedes Geräusch. Das verlorene Schaf blieb verschwunden. Robert gab jedoch nicht auf. Er wollte nie wieder beruflich scheitern, das hatte er sich geschworen. Ein Schafhirte verliert nicht einfach eins der Tiere, das darf nicht passieren. Er durchsuchte den Wald auch nach Sonnenuntergang, spärliches Licht gaben nur die Sterne am Himmel.

Schließlich, nach Stunden der Suche, hörte er ein leises, verzweifeltes Blöken in der Ferne. Robert folgte dem Geräusch und entdeckte das verlorene Schaf, das sich in einem dichten Dornenbusch verfangen hatte. Es war nicht in der Lage, sich alleine zu befreien und inzwischen ziemlich entkräftet.

Robert war erleichtert. Mit sanften Händen befreite er das Tier aus den Dornen, das Schaf blieb reglos stehen, als ob es wüsste, dass ihm geholfen wurde. Robert hob es auf und trug es auf den Schultern behutsam zurück zur Herde.

Die anderen Schafe begrüßten das verlorene Schaf mit freudigem Blöken, als es wieder zu ihnen stieß. Robert war ein Stein vom Herzen gefallen, als er sein Tier gefunden hatte. »Gut, dass ihr das dem Felix nicht erzählen könnt!«, rief er. »Die Schadenfreude gönne ich ihm nicht.« Felix war sein Bruder, und der mochte ihn leider nicht so recht leiden und traute ihm rein gar nichts zu.

Robert kehrte am Morgen mit seiner Herde zurück zum Dorf. Niemand erfuhr von der verzweifelten Suche in dieser Nacht. Das Schweigen der Lämmer ... es hatte durchaus sein Gutes. Eigentlich hätte Robert gerne seine Freude mit allen geteilt, aber bis die alten Familienwunden verheilt und er mit seinem Bruder versöhnt sein würde, mochte es durchaus noch etliche Jahre dauern. Robert fand das schade.

Als er abends zu Bett ging, nahm er sich vor: »Morgen spreche ich mit Felix und entschuldige mich bei ihm. So kann das nicht weitergehen, dass keiner von uns beiden den Anfang macht. Der Vater hat sich damals so gefreut, dass ich wieder daheim war, jetzt muss dieser dunkle Schatten über unserem Hof endlich weg. Der Felix macht ja seine Sache gut, viel besser, als ich es könnte. Vielleicht muss ich ihm das nur mal sagen?«
xxxvii

DIETRICH KONRAD REIST NACH GREIFSWALD

Auf dem Weg vom Greifswalder Bahnhof zum Hotel, in einer nach Geschäftsschluss nicht mehr allzu belebten Einkaufsstraße, widerfuhr Herrn Dietrich Konrad ein leider heutzutage schon beinahe alltäglich gewordenes Verbrechen.

Er war nach Greifswald gereist, um einen Schulfreund aus der Jugendzeit zu besuchen. Die beiden trafen sich alle paar Monate. Dietrich Konrad kannte den kurzen Weg ins Hotel, daher holte ihn sein Freund nicht am

Bahnhof ab. Es waren ja nur zehn Minuten zu gehen. Die beiden wollten sich gegen zwanzig Uhr in einem Restaurant treffen und dann den folgenden Tag miteinander verbringen.

Drei überwiegend in schwarzes Leder gekleidete Jugendliche traten aus einer Kneipe, als Dietrich Konrad mit seinem Rollkoffer die Straße entlang ging. Sie vermuteten, dass der Fremde eine lohnende Beute mit sich führen konnte. Einer der Angetrunkenen fasste Herrn Konrad von hinten um den Hals, ein anderer entriss ihm den Griff des Koffers. Der dritte ließ ein Messer aufschnappen und baute sich breitbeinig vor ihm auf. »Schnauze halten, oder stesch isch disch ab!«

Dietrich Konrad wehrte sich instinktiv und aus Panik. Bei klarem Verstand hätte er womöglich stillgehalten, doch der Schreck traf ihn zu unvorbereitet. Er konnte wegen des Würgegriffes nicht schreien, aber er bäumte sich gegen die Umklammerung auf und trat mit dem Fuß nach dem vor ihm stehenden Angreifer. Dann ging alles so schnell, dass Dietrich Konrad kaum mitbekam, was mit ihm geschah. Die drei stießen ihn in einen Hauseingang, das Messer bohrte sich erst in den rechten Oberarm und dann in den linken Oberschenkel. Eine Hand suchte nach der Brieftasche, die er im Jackett trug. Der Jugendliche zerrte und zog, dann riss er den Stoff des Anzugjacketts auf und schaute sich den Inhalt der Brieftasche an. Kreditkarten und Ausweise interessierten ihn nicht, er war auf Bargeld aus. Da war jedoch nichts zu finden.

Er stieß Herrn Konrad den Ellenbogen ins Gesicht. »Gib dein Geld raus, du Schwein!«

Eine Antwort war dem Überfallenen nicht möglich, da er im Würgegriff kaum noch Luft bekam. Der Räuber ertastete das Portemonnaie in der Gesäßtasche, zog es heraus und zeigte seinen Genossen die wenigen Geldscheine, die er vorgefunden hatte.

»Nur 45 Euro? Wo hast du Kohle, Arschloch?«

Der Griff um den Hals lockerte sich und Dietrich Konrad krächzte: »Mehr habe ich nicht bei mir.«

Der Ellenbogen traf erneut sein Gesicht, eine Faust schlug ihn in den Magen. Dietrich Konrad fiel zu Boden. Die Jugendlichen leerten seinen Koffer aus, wühlten in den Kleidungsstücken und fanden nichts von sonderlichem Wert.

»Zieh disch aus!«, befahl der Wortführer.

Dietrich Konrad richtete sich mühsam auf und gehorchte. Anzug und Hemd wurden auf verstecktes Geld abgetastet. Auch die Unterwäsche musste er ablegen. Die drei Angreifer nahmen seine Armbanduhr an sich, auch sein Mobiltelefon, ein älteres Modell, steckten sie ein. Sie stopften sämtliche Kleidungsstücke in den Koffer und einer der Verbrecher verschwand damit hinaus auf die Straße.

Dietrich Konrad kauerte im Hausflur, er hoffte, dass der Alptraum nun vorbei sei. Doch dann traf ihn von hinten ein Tritt gegen den Kopf. Er sank bewusstlos auf die Steinfliesen. Auch die beiden anderen Jugendlichen suchten nun eilig das Weite.

Wenige Minuten später kam eine Theologiestudentin auf dem Weg zu einer Diskussionsgruppe die Treppe hinunter. Sie war spät dran. Als sie den blutverschmierten nackten Mann im Flur liegen sah, stockte ihr Schritt.

»Oh mein Gott, was ist denn das?«

Sie zog ihr Mobiltelefon aus der Jackentasche, um einen Notruf abzusetzen. Das Display blieb trotz Druck auf den Einschaltknopf dunkel.

»Scheiße, wieder nicht aufgeladen«, murmelte sie.

Sie machte einen großen Bogen um Herrn Konrad und trat aus der Haustür auf die Straße. Sie war wirklich spät dran. Sicher kam bald jemand vorbei, der dann die Polizei oder einen Notarzt holen würde.

Im dritten Stockwerk des Gebäudes wohnte ein Lehrer, der vierzehn Minuten später das Haus betrat. Er sah Herrn Konrad sofort. Auch er zögerte einen Moment. Dann holte er sein Mobiltelefon aus der Tasche und drückte die Notruf-Kurzwahl. Als die Verbindung aufgebaut war, sagte er: »Hier liegt ein nackter, blutiger Mann im Hausflur. Schicken Sie bitte Rettungskräfte.«

Dann beendete er das Gespräch. Er hatte jetzt keine Zeit für lange Ausführungen, denn er wollte sich schnell noch frischmachen, bevor die bestellte Prostituierte kam.

Er stieg bereits die Treppe hinauf, als ihm einfiel, dass er überhaupt nicht gesagt hatte, wohin die Rettungskräfte kommen sollten. Na ja, beruhigte er sein Gewissen, die haben ja

Geräte, mit denen sie den Ort des Notrufs anzeigen können. Sie werden den Weg schon finden.

So etwas wie blutende nackte Männer überließ man sowieso besser den Profis. Der Lehrer ging duschen.

Gerade als Dietrich Konrad wieder mühsam das Bewusstsein erlangte, betrat die Prostituierte das Haus.

»O mój wielki Boże«, entfuhr es ihr, »biedactwo!«

Sie ließ ihre Handtasche fallen und beugte sich zu ihm hinunter. »Sie sind verletzt. Ich hole Hilfe«, versprach sie.

Dietrich Konrad war noch zu benommen, um zu antworten. Er hatte Mühe, überhaupt zu begreifen, wo er war und warum.

Die junge Frau nahm ein Taschentuch aus ihrer Handtasche und wischte Herrn Konrad über die Stirn. Sie zog ihren Mantel aus und bedeckte damit seine Blöße. Dann holte sie ihr Mobiltelefon aus der Tasche und drückte eine Kurzwahltaste. Sie sprach mit jemandem ein paar Sätze auf Polnisch und steckte das Gerät wieder ein.

»Können Sie aufstehen?«, fragte sie. »Ich habe Auto vor der Türe.«

Dietrich Konrad rappelte sich mühsam auf. Die Frau wickelte ihm ihren Mantel um die Hüften und geleitete ihn vorsichtig zu ihrem kleinen Renault.

Am nächsten Vormittag verließ Dietrich Konrad die Wohnung des Arztes, zu dem ihn die Prostituierte gebracht hatte. Die Stichwunden waren gereinigt und verbunden worden, der Mediziner hatte ihn untersucht und keine Brüche feststellen können. Nach der Untersuchung und Erstversorgung hatte der Arzt ihm ein Abendbrot zubereitet und schließlich ein Nachtlager im Gästezimmer der Familie zugewiesen. Ein Schlafanzug hatte im Badezimmer bereitgelegen, daneben eine noch verpackte Zahnbürste und flauschige Handtücher. Dietrich Konrad, noch recht benommen und sehr erschöpft, hatte geduscht und war dann bald eingeschlafen.

Beim Aufwachen hatte er Wäsche und Kleidung auf dem Stuhl neben dem Bett gefunden, ein wenig zu groß alles, aber immerhin gut genug, um einen nackten Mann wieder für die Öffentlichkeit präsentabel zu machen. Der Arzt wies jedes Ansinnen auf Bezahlung entschieden ab.

»Die Dame, die Sie gefunden hat, hat für die Behandlung bezahlt«, erklärte er. »Auch für die Salbe, die ich Ihnen zur Vermeidung von Entzündungen mitgebe. Hier ist auch noch Verbandmaterial für die nächsten Tage.«

»Ich würde gerne die Adresse der Frau haben«, bat Dietrich Konrad, »ich möchte ihr die Kosten erstatten, und ich will mich vor allem bedanken.«

»Sie hat mich ausdrücklich darum gebeten, genau dies nicht zu tun. Von ihrer Tätigkeit in Deutschland soll niemand etwas wissen, deshalb hat sie auch nicht den Notarzt angerufen. Sie wäre dann als Zeugin befragt worden … mit unseren Behörden kann und will sie nichts zu tun haben. Sie ist Verkäuferin in Świnoujście, arbeitet aber an den Wochenenden hier als Prostituierte, um ihrer kranken Mutter in der Heimat die Behandlung zu finanzieren. Ihr reguläres Einkommen reicht nicht dafür. Sie wünscht Ihnen gute Besserung. Hier sind noch hundert Euro, damit Sie irgendwie weiter oder nach Hause kommen.«

Dietrich Konrad schüttelte den Kopf. »Das kann ich nicht annehmen.«

»Doch, das können Sie. Und ich wäre dankbar, wenn Sie der Polizei, falls Sie den Überfall anzeigen, nichts von der jungen Dame oder mir erzählen würden, denn dass ich hier in meiner Privatwohnung Patienten an den Sozialversicherungen vorbei behandle, ist nicht ganz im Sinne der Gesetzgeber. Natürlich kann ich Ihnen das nicht verbieten … aber darum bitten darf ich sicherlich.«

Sprachlos, mit Tränen in den Augen, trat Dietrich Konrad kurze Zeit später auf die Straße.

xxxviii

DER AUTOR

Günter J. Matthia wurde im September 1955 in Berlin geboren. Er wuchs zunächst in seiner Heimatstadt im Bezirk Charlottenburg und dann ab dem zwölften Lebensjahr in der seinerzeit noch sehr provinziellen Kleinstadt Memmingen im Allgäu auf. Mit Mitte Zwanzig kehrte er zurück nach Berlin, wo er auch heute noch lebt. Er ist verheiratet mit Eva, beide Söhne und die Tochter sind erwachsen.

Er war in den 70er Jahren Mitgründer der Zeitschrift FEHLDRUCK in Berlin, um die Jahrtausendwende Redakteur und Autor bei GLAUBE.DE und PRAY.DE, schieb für Zeitschriften wie AUFATMEN und DIE ENTSCHEIDUNG, hat Bücher von Reinhard Bonnke, Steve Turner und Leo Babauta übersetzt und war bis 2022 fünf Jahre Redaktionsleiter von GEMEINSAM FÜR BERLIN EV.

Sein erster Roman, die autobiographische Erzählung ES GIBT KEIN UNMÖGLICH!, erschien 1998 im süddeutschen Verlag Ernst Franz & Sternberg. Zwei Bücher mit Kurzgeschichten und ein theologisches Sachbuch in der WFB Verlagsgruppe folgten, dann der Bestseller-Kriminalroman SABRINAS GEHEIMNIS … aktuell sind diese Werke aus seiner Feder erhältlich:

- NEULAND – Erzählungen und Kurzgeschichten (ISBN 978-1481025287)
- JESSIKA – ein Thriller nicht für empfindliche Gemüter (ISBN 978-1508936626)
- ENTSCHLEUNIGUNG UND ACHTSAMKEIT – Sachbuch (ISBN 978-1508775485)
- ES GIBT KEIN UNMÖGLICH! – Autobiographischer Roman (ISBN 978-3746701240)

- SABRINAS GEHEIMNIS – Kriminalroman (ISBN 978-3746708300)
- SALBE, SEGEN, SAMMELEIMER – Erzählungen rund um das fromme Leben und Erleben (ISBN 978-3746710143)
- DREIMAL KREBS – Bericht eines Ehepaares über den Umgang mit der heimtückischen Krankheit (ISBN 978-3752944198)

Seine Internetseite mit Informationen zu den Büchern und zahlreichen anderen Texten finden Sie hier: ogy.de/u1t1

DIE GLEICHNISSE UND BILDREDEN
ZU DEN ERZÄHLUNGEN IM ORIGINALTEXT

Die abgedruckten biblischen Texte stammen aus der Menge-Bibel (https://www.bibleserver.com/bible/MENG). Diese ist nach dem Deutschen Urheberrecht gemeinfrei. Die Rechtschreibung wurde an einigen Stellen behutsam an die im Jahr 2024 gebräuchlichen Regeln angepasst.

---

[i] **Benzingeld um Mitternacht** Lukas 11, 5-8

»Wer unter euch hätte wohl einen Freund und ginge nicht mitten in der Nacht zu ihm und sagte zu ihm: ›Freund, hilf mir mit drei Broten aus! Denn ein Freund von mir ist auf der Reise zu mir gekommen, und ich habe ihm nichts vorzusetzen‹; und jener würde von drinnen antworten: ›Belästige mich nicht! Die Tür ist schon verschlossen, und meine Kinder liegen schon bei mir im Bett; ich kann nicht aufstehen und es dir geben!‹ Ich sage euch: Wenn er auch nicht deshalb aufstehen und ihm das Gewünschte geben mag, weil jener sein Freund ist, so wird er doch wegen dessen Hartnäckigkeit aufstehen und ihm geben, soviel er bedarf.«

[ii] **Wenn der Rabus Schorsch kommt** Lukas 14, 8–11

»Wenn du von jemand zu einem Festmahl eingeladen bist, so setze dich nicht obenan; es könnte sonst jemand, der noch vornehmer ist als du, von ihm geladen sein, und dann würde der, welcher dich und ihn geladen hat, kommen und zu dir sagen: ›Tritt diesem da den Platz ab!‹, und du müsstest dich alsdann dazu verstehen, beschämt untenan zu sitzen. Nein, wenn du eingeladen bist, so gehe hin und setze dich untenan; dann wird der Gastgeber kommen und zu dir sagen: ›Freund, rücke weiter nach oben!‹, dann wirst du in den Augen aller deiner Tischgenossen geehrt dastehen.

Denn wer sich selbst erhöht, wird erniedrigt werden, und wer sich selbst erniedrigt, wird erhöht werden.«

[iii] **Samuel Becketts ungeschriebener letzter Akt** Lukas 21, 29-34; Markus 13, 28-29; Matthäus 24, 32-33
»Seht den Feigenbaum und alle anderen Bäume an: sobald sie ausschlagen, erkennt ihr, wenn ihr es seht, von selbst, dass nunmehr der Sommer nahe ist. So sollt auch ihr, wenn ihr alles dieses eintreten seht, erkennen, dass das Reich Gottes nahe ist. Wahrlich ich sage euch: Dieses Geschlecht wird nicht vergehen, bis alles geschieht. Himmel und Erde werden vergehen, aber meine Worte werden nimmermehr vergehen!«
»Vom Feigenbaum aber mögt ihr das Gleichnis lernen: Sobald seine Zweige saftig werden und Blätter hervorsprossen, so erkennt ihr daran, dass der Sommer nahe ist.«
»Vom Feigenbaum aber mögt ihr das Gleichnis lernen: Sobald seine Zweige saftig werden und Blätter hervorwachsen, so erkennt ihr daran, dass der Sommer nahe ist.«

[iv] **Der nutzlose Birnbaum** Lukas 13, 6-9:
»Jemand hatte einen Feigenbaum in seinem Weinberge stehen, und er kam und suchte Frucht an ihm, fand jedoch keine. Da sagte er zu dem Weingärtner: ›Sieh, ich komme nun schon drei Jahre her und suche Frucht an diesem Feigenbaum, finde jedoch keine; haue ihn ab! Wozu soll er noch den Platz wegnehmen?‹ Da antwortete ihm jener: ›Herr, lass ihn noch dieses Jahr stehen! Ich will noch einmal das Land um ihn herum graben und ihn düngen: vielleicht bringt er künftig doch noch Frucht; andernfalls lass ihn umhauen!‹«

[v] **Vom Tatort und von der Bundesliga** Matthäus 13, 47–50:
»Weiter ist das Himmelreich einem Schleppnetz gleich, das ins Meer ausgeworfen wurde und in welchem sich Fische jeder Art in Menge fingen. Als es ganz gefüllt war, zog man es an den Strand, setzte sich nieder und sammelte das Gute in Gefäße, das Faule aber warf man weg. So wird es auch am Ende der Weltzeit zugehen: Die Engel werden ausgehen und die Bösen aus der Mitte der Gerechten absondern und sie in den Feuerofen werfen: dort wird lautes Weinen und Zähneknirschen sein.«

[vi] **Der herzensgute Mario** Lukas 7, 41–42:
»Ein Geldverleiher hatte zwei Schuldner; der eine war ihm fünfhundert Denare schuldig, der andere fünfzig; weil sie aber nicht zurückzahlen konnten, schenkte er beiden die Schuld. Wer von ihnen wird ihn nun am meisten lieben?«

[vii] **Hier regnet es doch kaum einmal** Matthäus 7, 24-27; Lukas 6, 47-49:
Jeder, der diese meine Worte hört und nach ihnen tut, wird einem klugen Manne gleichen, der sein Haus auf Felsengrund gebaut hat. Da strömte der Platzregen herab, es kamen die Wasserströme, es wehten die Winde und stießen an jenes Haus; doch es stürzte nicht ein, denn es war auf den Felsen gegründet. Wer jedoch diese meine Worte hört und nicht nach ihnen tut, der gleicht einem törichten Manne, der sein Haus auf den Sand gebaut hat. Da strömte der Platzregen herab, es kamen die Wasserströme, es wehten die Winde und stürmten gegen jenes Haus: da stürzte es ein, und sein Zusammensturz war gewaltig.«
»Wer zu mir kommt und meine Worte hört und nach ihnen tut – ich will euch zeigen, wem der zu vergleichen ist: Er gleicht einem Manne, der, als er ein Haus bauen wollte, bis in die Tiefe ausgraben ließ und die Grundmauer auf den Felsen legte. Als nun Hochwasser kam, stieß die Flut an jenes Haus, vermochte es aber wegen seiner festen Bauart nicht zu erschüttern. Wer aber meine Worte hört und nicht nach ihnen tut, der gleicht einem Manne, der ein Haus ohne feste

Grundmauer auf den lockeren Erdboden baute. Als dann die Flut dagegen stieß, stürzte es sogleich in sich zusammen, und der Einsturz dieses Hauses war gewaltig.«

viii Obsttorte am Tisch der Chefin Lukas 17, 7-10:
»Wer von euch aber, der einen Knecht beim Pflügen oder beim Viehhüten hat, wird zu ihm bei seiner Heimkehr vom Felde sagen: ›Komm sogleich her und setze dich zu Tisch!‹? Wird er nicht vielmehr zu ihm sagen: ›Bereite mir mein Abendessen, schürze dich und bediene mich, bis ich gegessen und getrunken habe; nachher magst auch du essen und trinken‹? Er wird doch wohl dem Knecht nicht noch dankbar dafür sein, dass er die ihm erteilten Befehle ausgeführt hat? Ebenso steht's auch bei euch: Wenn ihr alles getan habt, was euch befohlen war, so sagt: ›Wir sind armselige Knechte; wir haben nur unsere Schuldigkeit getan.‹«

ix Prügel für den Nachbarn, der nur helfen wollte Lukas 14, 16-24; Matthäus 22, 2-14
»Ein Mann veranstaltete ein großes Gastmahl und lud viele dazu ein. Er sandte dann seinen Knecht zur Stunde des Gastmahls aus und ließ den Geladenen sagen, sie möchten kommen, denn es sei nunmehr alles bereit. Da begannen alle ohne Ausnahme sich zu entschuldigen. Der erste ließ ihm sagen: ›Ich habe einen Acker gekauft und muss notwendigerweise hingehen, um ihn zu besichtigen; ich bitte dich: sieh mich als entschuldigt an!‹ Ein anderer sagte: ›Ich habe fünf Joch Ochsen gekauft und muss hingehen, um sie zu erproben; ich bitte dich: sieh mich als entschuldigt an!‹ Wieder ein anderer sagte: ›Ich habe mich verheiratet, kann also nicht kommen.‹ Als nun der Knecht zurückkam, berichtete er dies seinem Herrn. Da wurde der Hausherr zornig und gab seinem Knecht die Weisung: ›Gehe schnell hinaus auf die Straßen und Gassen der Stadt und bringe die Armen und Krüppel, die Blinden und Lahmen hierher.‹ Der Knecht meldete dann: ›Herr, dein Befehl ist ausgeführt, doch es ist noch Platz vorhanden.‹ Da sagte der Herr zu dem Knecht: ›Gehe auf die Landstraßen und an die Zäune hinaus und nötige die Leute dort hereinzukommen, damit mein Haus voll werde! Denn ich sage euch: Keiner von jenen Männern, die zuerst geladen waren, wird mein Gastmahl zu kosten bekommen.‹«
»Das Himmelreich ist einem König vergleichbar, der seinem Sohne die Hochzeit ausrichten wollte. Er sandte also seine Knechte aus, um die geladenen Gäste zum Hochzeitsmahl zu bitten; doch sie wollten nicht kommen. Nochmals sandte er andere Knechte aus, denen er die Weisung gab: ›Sagt den Geladenen: Seht, mein Festmahl habe ich zugerichtet; meine Ochsen und das Mastvieh sind geschlachtet, und alles ist bereit: kommt zum Hochzeitsmahl!‹ Die aber beachteten es nicht und gingen hin, der eine auf seinen Acker, der andere an sein Handelsgeschäft; die übrigen ergriffen seine Knechte, misshandelten und töteten sie. Da wurde der König zornig; er entsandte seine Heere, ließ jene Mörder umbringen und ihre Stadt verbrennen. Hierauf sagte er zu seinen Knechten: ›Das Hochzeitsmahl ist zwar bereitet, aber die Geladenen waren unwürdig daran teilzunehmen. Geht darum an die Straßenecken hinaus und ladet alle zum Hochzeitsmahl ein, soviele ihr antrefft!‹ So gingen denn jene Knechte auf die Straßen hinaus und brachten alle, die sie trafen, zusammen, Böse wie Gute, und der Hochzeitssaal füllte sich mit Gästen.
Als aber der König hineinging, um sich die Gäste anzusehen, bemerkte er dort einen Mann, der kein Hochzeitsgewand angelegt hatte. Da sagte er zu ihm: ›Freund, wie hast du hierher kommen können, ohne ein Hochzeitsgewand anzuhaben?‹ Jener verstummte. Hierauf befahl der König seinen Dienern: ›Fasst ihn an Händen und Füßen und werft ihn hinaus in die Finsternis draußen! Dort wird lautes Weinen und Zähneknirschen sein.‹ Denn viele sind berufen, aber wenige auserwählt.«

x Ein alter Brauch aus gutem Grund Matthäus 25, 1-13:
»Alsdann wird das Himmelreich zehn Jungfrauen gleichen, die sich mit ihren Lampen in der Hand zur Einholung des Bräutigams aufmachten. Fünf von ihnen waren töricht und fünf klug; denn die törichten nahmen wohl ihre Lampen, nahmen aber kein Öl mit; die klugen dagegen nahmen

außer ihren Lampen auch noch Öl in den Gefäßen mit sich. Als nun der Bräutigam auf sich warten ließ, wurden sie alle müde und schliefen ein. Um Mitternacht aber erscholl ein Geschrei: ›Der Bräutigam ist da! Macht euch auf, ihn zu empfangen!‹ Da erhoben sich jene Jungfrauen alle vom Schlaf und brachten ihre Lampen in Ordnung; die törichten aber sagten zu den klugen: ›Gebt uns von eurem Öl, denn unsere Lampen wollen ausgehen!‹ Da antworteten die klugen: ›Nein, es würde für uns und euch nicht reichen; geht lieber zu den Krämern und kauft euch welches!‹ Während sie nun hingingen, um Öl einzukaufen, kam der Bräutigam, und die Jungfrauen, welche in Bereitschaft waren, gingen mit ihm zum Hochzeitsmahl hinein, und die Tür wurde verschlossen. Später kamen dann auch noch die übrigen Jungfrauen und riefen: ›Herr, Herr, öffne uns doch!‹ Er aber gab ihnen zur Antwort: ›Wahrlich ich sage euch: Ich kenne euch nicht!‹ Darum seid wachsam, denn Tag und Stunde sind euch unbekannt.«

^{xi} **Ist der verrückt geworden?** Matthäus 13, 44-46:
»Das Himmelreich ist einem im Acker vergrabenen Schatz gleich; den fand ein Mann und vergrub ihn wieder; alsdann ging er in seiner Freude hin, verkaufte alles, was er besaß, und kaufte jenen Acker.«
»Wiederum gleicht das Himmelreich einem Kaufmann, der wertvolle Perlen suchte; und als er eine besonders kostbare Perle gefunden hatte, ging er heim, verkaufte alles, was er besaß, und kaufte sie.«

^{xii} **Nass bis auf die Haut** Matthäus 5, 14–15; Markus 4,21–22; Lukas 8, 16; 11, 33
»Ihr seid das Licht der Welt! Eine Stadt, die oben auf einem Berge liegt, kann nicht verborgen bleiben. Man zündet auch nicht ein Licht an und stellt es unter den Scheffel, sondern auf den Leuchter: dann leuchtet es allen, die im Hause sind.«
»Kommt etwa die Lampe in das Zimmer, damit man sie unter den Scheffel oder unter das Bett stelle? Nein, damit sie auf den Leuchter gestellt werde.«
»Niemand aber, der ein Licht angezündet hat, deckt es mit einem Gefäß zu oder stellt es unter ein Bett, sondern er stellt es auf einen Leuchter, damit die Eintretenden den hellen Schein sehen.«
»Niemand zündet ein Licht an und stellt es dann in einen verborgenen Winkel oder unter den Scheffel, sondern auf den Leuchter, damit die Eintretenden den hellen Schein sehen.«

^{xiii} **Der Zugang zum Bund der Künftigen** Matthäus 19, 23-24; Markus 10, 24-25; Lukas 18, 24-25:
»Wahrlich ich sage euch: Für einen Reichen wird es schwer sein, ins Himmelreich einzugehen. Nochmals sage ich euch: Es ist leichter, dass ein Kamel durch ein Nadelöhr hindurchgeht, als dass ein Reicher in das Reich Gottes eingeht.«
»Kinder, wie schwer ist es doch für Menschen, die sich auf Geld und Gut verlassen, in das Reich Gottes einzugehen! Es ist leichter, dass ein Kamel durch ein Nadelöhr hindurchgeht, als dass ein Reicher in das Reich Gottes eingeht.«
»Wie schwer ist es doch für die Begüterten, in das Reich Gottes einzugehen! Ja, es ist leichte, dass ein Kamel durch ein Nadelöhr hindurchgeht, als dass ein Reicher in das Reich Gottes eingeht.«

^{xiv} **Mandys T-Shirt / Justins Fahrradreifen** Matthäus 9, 16-17; Markus 2,21-22; Lukas 5, 36-38:
Niemand setzt aber ein Stück ungewalkten Tuches auf ein altes Kleid; denn der eingesetzte Fleck reißt doch von dem Kleide wieder ab, und es entsteht ein noch schlimmerer Riss. Auch füllt man neuen Wein nicht in alte Schläuche; sonst werden die Schläuche gesprengt, und der Wein läuft aus, und auch die Schläuche gehen verloren; nein, man füllt neuen Wein in neue Schläuche: dann bleiben beide erhalten.«

Niemand setzt ein Stück von ungewalktem Tuch auf ein altes Kleid; sonst reißt der eingesetzte neue Fleck von dem alten Kleide wieder ab, und es entsteht ein noch schlimmerer Riss. Auch füllt niemand neuen Wein in alte Schläuche; sonst sprengt der Wein die Schläuche, und der Wein geht samt den Schläuchen verloren. Nein, neuer Wein gehört in neue Schläuche.«

»Niemand reißt doch von einem neuen Kleid ein Stück Zeug ab und setzt es auf ein altes Kleid, sonst würde er nur das neue Kleid zerreißen, und zu dem alten Kleide würde das Stück Zeug von dem neuen Kleide doch nicht passen. Auch füllt niemand neuen Wein in alte Schläuche; sonst sprengt der junge Wein die Schläuche und läuft selbst aus, und auch die Schläuche gehen verloren. Nein, jungen Wein muss man in neue Schläuche füllen. Und niemand, der alten Wein getrunken hat, mag jungen Wein trinken; denn er sagt: ›Der alte ist bekömmlich.‹«

xv **Der Erwin spürt so was** Lukas 18, 10-14:

»Zwei Männer gingen in den Tempel hinauf, um zu beten, der eine ein Pharisäer, der andere ein Zöllner. Der Pharisäer trat hin und betete bei sich so: ›O Gott, ich danke dir, dass ich nicht bin wie die anderen Menschen, Räuber, Betrüger, Ehebrecher oder auch wie der Zöllner dort. Ich faste zweimal in der Woche und gebe den Zehnten von allem, was ich erwerbe.‹ Der Zöllner dagegen stand von ferne und mochte nicht einmal die Augen zum Himmel erheben, sondern schlug sich an die Brust und sagte: ›Gott, sei mir Sünder gnädig!‹ Ich sage euch: Dieser ging gerechtfertigt in sein Haus hinab, ganz anders, als es bei jenem der Fall war! Denn wer sich selbst erhöht, wird erniedrigt werden; wer sich aber selbst erniedrigt, wird erhöht werden.«

xvi **Polnisches Feuerwerk** Lukas 12, 16-21:

»Einem reichen Manne hatten seine Felder eine ergiebige Ernte gebracht. Da überlegte er bei sich folgendermaßen: ›Was soll ich tun? Ich habe keinen Raum, meine Ernte unterzubringen.‹ Dann sagte er: ›So will ich's machen: Ich will meine Scheunen abreißen und größere bauen und dort meinen gesamten Ernteertrag und meine Güter unterbringen und will dann zu meiner Seele sagen: Liebe Seele, du hast nun einen reichen Vorrat auf viele Jahre daliegen; gönne dir also Ruhe, iss und trink und lasse dir's wohl sein!‹ Aber Gott sprach zu ihm: ›Du Narr! Noch in dieser Nacht fordert man dir deine Seele ab; wem wird dann das gehören, was du aufgespeichert hast?‹ So geht es jedem, der für sich selbst Schätze sammelt und nicht reich für Gott ist.«

xvii **Hallo, können Sie mich hören?** Lukas 16, 19-31:

»Es war aber ein reicher Mann, der kleidete sich in Purpur und kostbare Leinwand und lebte alle Tage herrlich und in Freuden. Ein Armer aber namens Lazarus lag vor seiner Türhalle; der war mit Geschwüren bedeckt und hatte nur den Wunsch, sich von den Abfällen vom Tisch des Reichen zu sättigen; aber es kamen sogar die Hunde herbei und beleckten seine Geschwüre. Nun begab es sich, dass der Arme starb und von den Engeln in Abrahams Schoß getragen wurde; auch der Reiche starb und wurde begraben. Als dieser nun im Totenreich, wo er Qualen litt, seine Augen aufschlug, erblickte er Abraham in der Ferne und Lazarus in seinem Schoß. Da rief er mit lauter Stimme: ›Vater Abraham! Erbarme dich meiner und sende Lazarus, damit er seine Fingerspitze ins Wasser tauche und mir die Zunge kühle! Denn ich leide Qualen in dieser Feuerglut.‹ Aber Abraham antwortete: ›Mein Sohn, denke daran, dass du dein Gutes während deines Erdenlebens empfangen hast, und Lazarus gleicherweise das Üble; jetzt aber wird er hier getröstet, während du Qualen leiden musst. Und zu alledem ist zwischen uns und euch eine große Kluft festgelegt, damit die, welche von hier zu euch hinübergehen wollen, es nicht können und man auch von dort nicht zu uns herüberkommen kann.‹ Da erwiderte er: ›So bitte ich dich denn, Vater: sende ihn in meines Vaters Haus – denn ich habe noch fünf Brüder –, damit er sie ernstlich warne, damit sie nicht auch an diesen Ort der Qual kommen.‹ Abraham aber antwortete: ›Sie haben Mose und die Propheten; auf diese mögen sie hören!‹ Jener jedoch entgegnete: ›Nein, Vater Abraham! Sondern wenn einer von den Toten zu ihnen kommt, dann werden sie sich bekehren.‹ Abraham aber antwortete ihm: ›Wenn sie nicht auf Mose und die Propheten hören, so werden sie sich auch nicht überzeugen lassen, wenn einer von den Toten aufersteht.‹«

xviii **Des einen Pech, des anderen Glück** Matthäus 13, 33; Lukas 13, 20-21:
»Das Himmelreich gleicht dem Sauerteig, den eine Frau nahm und unter drei Scheffel Mehl mengte, bis der ganze Teig durchsäuert war.«
»Womit soll ich das Reich Gottes vergleichen? Es ist einem Sauerteig gleich, den eine Frau nahm und unter drei Scheffel Mehl mengte, bis der ganze Teig durchsäuert war.«

xix **Bis zum letzten Cent** Matthäus 18, 23-34:
Darum ist das Himmelreich einem Könige vergleichbar, der mit seinen Knechten abrechnen wollte. Als er nun mit der Abrechnung begann, wurde ihm einer vorgeführt, der ihm zehntausend Talente schuldig war. Weil er nun diese Schuld nicht bezahlen konnte, befahl der Herr, man solle ihn samt Weib und Kindern und seinem gesamten Besitz verkaufen und so Ersatz schaffen. Da warf sich der Knecht vor ihm zur Erde nieder und bat ihn mit den Worten: ›Habe Geduld mit mir: ich will dir alles bezahlen.‹ Da hatte der Herr Erbarmen mit diesem Knecht; er gab ihn frei, und die Schuld erließ er ihm auch. Als aber dieser Knecht aus dem Hause des Herrn hinausgegangen war, traf er einen seiner Mitknechte, der ihm hundert Denare schuldig war; den ergriff er, packte ihn an der Kehle und sagte zu ihm: ›Bezahle, wenn du etwas schuldig bist!‹ Da warf sich sein Mitknecht vor ihm nieder und bat ihn mit den Worten: ›Habe Geduld mit mir: ich will dir's bezahlen!‹ Er wollte aber nicht, sondern ging hin und ließ ihn ins Gefängnis werfen, bis er die Schuld bezahlt hätte. Als nun seine Mitknechte sahen, was da vorgegangen war, wurden sie sehr ungehalten; sie gingen hin und berichteten ihrem Herrn den ganzen Vorfall. Da ließ sein Herr ihn vor sich rufen und sagte zu ihm: ›Du böser Knecht! Jene ganze Schuld habe ich dir erlassen, weil du mich darum batest; hättest du da nicht auch Erbarmen mit deinem Mitknecht haben müssen, wie ich Erbarmen mit dir gehabt habe?‹ Und voller Zorn übergab sein Herr ihn den Folterknechten, bis er ihm seine ganze Schuld bezahlt hätte.

xx **Die Hügeldorf-Stiftung** Matthäus 13, 31-32; Markus 4, 30-32; Lukas 13, 18-19:
»Das Himmelreich ist einem Senfkorn vergleichbar, das ein Mann nahm und auf seinen Acker säte. Dies ist das kleinste unter allen Samenarten; wenn es aber herangewachsen ist, dann ist es größer als die anderen Gartengewächse und wird zu einem Baum, so dass die Vögel des Himmels kommen und in seinen Zweigen nisten.«
»Wie sollen wir ein Bild vom Reiche Gottes entwerfen oder in welchem Gleichnis es darstellen? Es gleicht einem Senfkorn, das, wenn man es in den Erdboden sät, kleiner ist als alle anderen Samenarten auf der Erde; doch wenn es gesät ist, geht es auf und wird größer als alle anderen Gartengewächse und treibt große Zweige, so dass unter seinem Schatten die Vögel des Himmels nisten können.«
»Wem ist das Reich Gottes gleich, und womit soll ich es vergleichen? Es ist einem Senfkorn gleich, das ein Mann nahm und in seinem Garten einlegte; dort wuchs es und wurde zu einem Baume, und die Vögel des Himmels nisteten in seinen Zweigen.«

xxi **Anstiftung zur Tötung** Matthäus 25, 14-30; Lukas 19, 12-27:
»Es wird so sein wie bei einem Manne, der vor Antritt einer Reise ins Ausland seine Knechte rief und ihnen sein Vermögen zur Verwaltung übergab; dem einen gab er fünf Talente, dem andern zwei, dem dritten eins, einem jeden nach seiner Tüchtigkeit; dann reiste er ab. Da ging der, welcher die fünf Talente empfangen hatte, sogleich ans Werk, machte Geschäfte mit dem Geld und gewann andere fünf Talente; ebenso gewann der, welcher die zwei Talente empfangen hatte, zwei andere dazu. Der Knecht aber, welcher das eine Talent erhalten hatte, ging hin, grub ein Loch in die Erde und verbarg darin das Geld seines Herrn. Nach längerer Zeit kam der Herr dieser

Knechte zurück und rechnete mit ihnen ab. Da trat der herzu, welcher die fünf Talente empfangen hatte, brachte noch fünf andere Talente mit und sagte: ›Herr, fünf Talente hast du mir übergeben; hier sind noch andere fünf Talente, die ich dazugewonnen habe.‹ Da sagte sein Herr zu ihm: ›Schön, du guter und treuer Knecht! Du bist über Wenigem treu gewesen, ich will dich über Vieles setzen: gehe ein zum Freudenmahl deines Herrn!‹ Dann kam auch der Knecht herbei, der die zwei Talente empfangen hatte, und sagte: ›Herr, zwei Talente hast du mir übergeben; hier sind noch zwei andere Talente, die ich dazugewonnen habe.‹ Da sagte sein Herr zu ihm: ›Schön, du guter und treuer Knecht! Du bist über Wenigem treu gewesen, ich will dich über Vieles setzen: gehe ein zum Freudenmahl deines Herrn!‹ Da trat auch der herzu, welcher das eine Talent empfangen hatte, und sagte: ›Herr, ich wusste von dir, dass du ein harter Mann bist: du erntest, wo du nicht gesät hast, und sammelst ein, wo du nicht ausgestreut hast. Da bin ich aus Furcht hingegangen und habe dein Talent in der Erde verborgen: hier hast du dein Geld wieder!‹ Da antwortete ihm sein Herr: ›Du böser und träger Knecht! Du wusstest, dass ich ernte, wo ich nicht gesät habe, und einsammle, wo ich nicht ausgestreut habe? Nun, so hättest du mein Geld bei den Bankhaltern anlegen sollen; dann hätte ich bei meiner Rückkehr mein Geld mit Zinsen zurückerhalten. So nehmt ihm nun das Talent ab und gebt es dem, der die zehn Talente hat. Denn jedem, der da hat, wird noch hinzugegeben werden, so dass er Überfluss hat; wer aber nicht hat, dem wird auch noch das genommen werden, was er hat. Den unnützen Knecht jedoch werft hinaus in die Finsternis draußen! Dort wird lautes Weinen und Zähneknirschen sein.«

»Ein Mann von vornehmer Abkunft reiste in ein fernes Land, um für sich dort die Königswürde zu gewinnen und dann wieder heimzukehren. Er berief nun zehn seiner Knechte, gab ihnen zehn Minen und sagte zu ihnen: ›Macht Geschäfte mit dem Gelde in der Zeit, während ich verreist bin!‹ Seine Mitbürger aber hassten ihn und schickten eine Abordnung hinter ihm her, durch die sie erklären ließen: ›Wir wollen diesen Mann nicht als König über uns haben!‹ Als er nun nach Empfang der Königswürde heimkehrte, ließ er jene Knechte, denen er das Geld gegeben hatte, zu sich rufen, um zu erfahren, was für Geschäfte ein jeder gemacht hätte. Da erschien der erste und sagte: ›Herr, dein Pfund hat zehn weitere Pfunde eingebracht.‹ Der Herr antwortete ihm: ›Schön, du guter Knecht! Weil du im Kleinen treu gewesen bist, sollst du die Verwaltung von zehn Städten erhalten.‹ Dann kam der zweite und sagte: ›Herr, dein Pfund hat fünf Pfunde hinzugewonnen.‹ Er sagte auch zu diesem: ›Auch du sollst über fünf Städte gesetzt sein!‹ Hierauf kam der dritte und sagte: ›Herr, hier ist dein Pfund, das ich in einem Schweißtuch wohlverwahrt gehalten habe; denn ich hatte Furcht vor dir, weil du ein strenger Mann bist: du hebst ab, was du nicht eingelegt hast, und erntest, was du nicht gesät hast.‹ Da antwortete er ihm: ›Nach deiner eigenen Aussage will ich dir das Urteil sprechen, du nichtswürdiger Knecht! Du wusstest, dass ich ein strenger Mann bin, dass ich abhebe, was ich nicht eingelegt habe, und ernte, was ich nicht gesät habe? Warum hast du da mein Geld nicht auf eine Bank gebracht? Dann hätte ich es bei meiner Rückkehr mit Zinsen abgehoben.‹ Darauf befahl er den Dabeistehenden: ›Nehmt ihm das Pfund weg und gebt es dem, der die zehn Pfund hat.‹ Sie erwiderten ihm: ›Herr, er hat ja schon zehn Pfunde.‹ Ich sage euch: Jedem, der da hat, wird noch dazu gegeben werden; wer aber nicht hat, dem wird auch das genommen werden, was er hat. Doch jene meine Feinde, die mich nicht zum König über sich gewollt haben, führt hierher und macht sie vor meinen Augen nieder!«

xxii **Wenn der Erbe zu Tode kommt …** Matthäus 21, 33-41; Markus 12, 1-9; Lukas 20, 9-16:
»Es war ein Hausherr, der legte einen Weinberg an, umgab ihn mit einem Zaun, grub in ihm eine Kelter, baute einen Wachtturm, verpachtete ihn an Weingärtner und ging dann außer Landes. Als dann die Zeit der Früchte kam, sandte er seine Knechte zu den Weingärtnern, damit sie die ihm zukommenden Früchte in Empfang nähmen. Da ergriffen die Weingärtner seine Knechte: den einen misshandelten sie, den andern erschlugen sie, den dritten steinigten sie. Wiederum sandte er andere Knechte in noch größerer Zahl als die ersten, doch sie machten es mit ihnen ebenso. Zuletzt sandte er seinen Sohn zu ihnen, weil er dachte: ›Sie werden sich doch vor meinem Sohne

scheuen!‹ Als aber die Weingärtner den Sohn sahen, sagten sie unter sich: ›Dieser ist der Erbe: kommt, wir wollen ihn töten, dann können wir sein Erbgut in Besitz nehmen!‹ So ergriffen sie ihn denn, stießen ihn zum Weinberg hinaus und schlugen ihn tot. Wenn nun der Herr des Weinbergs kommt, was wird er mit diesen Weingärtnern machen?« Sie antworteten ihm: »Er wird die Elenden elendiglich umbringen und den Weinberg an andere Weingärtner verpachten, die ihm die Früchte zu rechter Zeit abliefern werden.«

»Ein Mann legte einen Weinberg an, umgab ihn mit einem Zaun, grub eine Kelter darin, baute einen Wachtturm, verpachtete ihn an Weingärtner und ging außer Landes. Zu rechter Zeit sandte er dann einen Knecht zu den Weingärtnern, um seinen Teil der Früchte des Weinbergs von den Weingärtnern in Empfang zu nehmen. Die aber ergriffen den Knecht, misshandelten ihn und schickten ihn mit leeren Händen zurück. Da sandte er nochmals einen anderen Knecht zu ihnen; auch diesem zerschlugen sie den Kopf und beschimpften ihn. Er sandte noch einen anderen, den sie töteten, und noch viele andere sandte er, von denen sie die einen misshandelten, die anderen töteten. Nun hatte er noch einen einzigen, seinen geliebten Sohn; den sandte er zuletzt auch noch zu ihnen, weil er dachte: ›Sie werden sich doch vor meinem Sohne scheuen.‹ Jene Weingärtner aber sagten zueinander: ›Dieser ist der Erbe; kommt, wir wollen ihn töten; dann wird das Erbgut uns gehören.‹ So ergriffen sie ihn denn, schlugen ihn tot und warfen ihn vor den Weinberg hinaus. Was wird nun der Herr des Weinbergs tun? Er wird kommen und die Weingärtner umbringen und wird den Weinberg an andere vergeben.

»Ein Mann legte einen Weinberg an, verpachtete ihn an Weingärtner und ging dann für längere Zeit ins Ausland. Als nun die Zeit da war, sandte er einen Knecht zu den Weingärtnern, damit sie ihm seinen Teil vom Ertrag des Weinbergs abgäben; aber die Weingärtner misshandelten diesen und schickten ihn mit leeren Händen zurück. Da sandte er nochmals einen andern Knecht; sie aber misshandelten und beschimpften auch diesen und schickten ihn mit leeren Händen zurück. Er sandte darauf noch einen dritten; sie aber schlugen auch diesen blutig und warfen ihn hinaus. Da sagte der Herr des Weinbergs: ›Was soll ich tun? Ich will meinen geliebten Sohn hinsenden; vor diesem werden sie sich doch wohl scheuen.‹ Als die Weingärtner ihn aber erblickten, überlegten sie miteinander und sagten: ›Dies ist der Erbe! Wir wollen ihn töten: dann fällt das Erbgut uns zu.‹ So stießen sie ihn denn aus dem Weinberge hinaus und schlugen ihn tot. Was wird nun der Herr des Weinbergs mit ihnen machen? Er wird kommen und diese Weingärtner ums Leben bringen und den Weinberg an andere vergeben.«

xxiii **Ein Restaurant in Bielefeld** Matthäus 21, 33-41; Markus 12, 1-9; Lukas 20, 9-16:
→ siehe **Wenn der Erbe zu Tode kommt …**
Die Idee zur Geschichte des Restaurants habe ich aus einer Predigt von Pfarrer i. R. Matthias Krieser übernommen. Die Predigten von Pfarrer Krieser sind gemeinfrei. Quelle: http://www.predigtkasten.de/index.htm

xxiv **Das Gerippe des Gromikow-Towers / Der Friedensschluss** Lukas 14, 28–33:
»Denn wer unter euch, der einen Turm zu bauen beabsichtigt, setzt sich nicht zuerst hin und berechnet die Kosten, ob er auch die Mittel zur Ausführung des Planes habe? Sonst, wenn er den Grund gelegt hat, und er den Bau nicht zu Ende führen kann, werden alle, die es sehen, anfangen über ihn zu spotten und werden sagen: ›Dieser Mensch hat den Bau begonnen, doch ihn nicht zu Ende führen können.‹ Oder welcher König, der zum Kriege mit einem andern König ausziehen will, setzt sich nicht zuerst hin und geht mit sich zu Rat, ob er imstande ist, mit zehntausend Mann dem entgegenzutreten, der mit zwanzigtausend gegen ihn anrückt? Sonst muss er, solange jener noch weit entfernt ist, eine Gesandtschaft an ihn schicken und um Friedensverhandlungen bitten. Ebenso kann keiner von euch mein Jünger sein, der sich nicht von allem lossagt, was er besitzt.«

 Nach Mexiko? Lukas 16, 1-8:

»Es war ein reicher Mann, der einen Verwalter hatte; über diesen wurde ihm hinterbracht, dass er ihm sein Vermögen veruntreue. Da ließ er ihn rufen und sagte zu ihm: ›Was muss ich da über dich hören? Lege Rechnung ab über deine Verwaltung, denn du kannst nicht länger mein Verwalter sein!‹ Da überlegte der Verwalter bei sich: ›Was soll ich tun, da mein Herr mir die Verwaltung abnimmt? Zum Graben bin ich zu schwach, und zu betteln schäme ich mich. Nun, ich weiß schon, was ich tun will, damit die Leute mich, wenn ich meines Amtes enthoben bin, in ihre Häuser aufnehmen.‹ Er ließ also die Schuldner seines Herrn alle einzeln zu sich kommen und fragte den ersten: ›Wieviel bist du meinem Herrn schuldig?‹ Der antwortete: ›Hundert Tonnen Öl.‹ Da sagte er zu ihm: ›Nimm hier deinen Pachtvertrag, setze dich hin und schreibe schnell fünfzig!‹ Darauf fragte er einen andern: ›Du aber, wieviel bist du schuldig?‹ Der antwortete: ›Hundert Zentner Weizen.‹ Er sagte zu ihm: ›Nimm hier deinen Pachtvertrag und schreibe achtzig.‹« Und der Herr lobte den unehrlichen Verwalter, dass er klug gehandelt habe; denn – sagte er – »die Kinder dieser Weltzeit sind im Verkehr mit ihresgleichen klüger als die Kinder des Lichts.«

 Buchsberger Getreideernte Matthäus 13, 24-30:

»Mit dem Himmelreich verhält es sich wie mit einem Manne, der guten Samen auf seinem Acker ausgesät hatte. Während aber die Leute schliefen, kam sein Feind, säte Unkraut zwischen den Weizen und entfernte sich dann wieder. Als nun die Saat aufwuchs und Frucht ansetzte, da kam auch das Unkraut zum Vorschein. Da traten die Knechte zu dem Hausherrn und sagten: ›Herr, hast du nicht guten Samen auf deinen Acker gesät? Woher hat er denn nun das Unkraut?‹ Er antwortete ihnen: ›Das hat ein Feind getan.‹ Die Knechte fragten ihn weiter: ›Willst du nun, dass wir hingehen und es zusammenlesen?‹ Doch er antwortete: ›Nein, ihr würdet sonst beim Sammeln des Unkrauts zugleich auch den Weizen ausreißen. Lasst beides zusammen bis zur Ernte wachsen; dann will ich zur Erntezeit den Schnittern sagen: Lest zuerst das Unkraut zusammen und bindet es in Bündel, damit man es verbrenne; den Weizen aber sammelt in meine Scheuer!‹«

 Abigail erwartet ihn | Dreißig entscheidende Sekunden Matthäus 24, 43-51; Markus 13, 33-37; Lukas 12, 35-48:

Das aber seht ihr ein: Wenn der Hausherr wüsste, in welcher Stunde der Nacht der Dieb kommt, so würde er wach bleiben und keinen Einbruch in sein Haus zulassen. Deshalb haltet auch ihr euch bereit; denn der Menschensohn kommt zu einer Stunde, wo ihr es nicht vermutet.« »Wer ist demnach der treue und kluge Knecht, den sein Herr über seine Dienerschaft gesetzt hat, damit er ihnen die Speise zu rechter Zeit gebe? Selig ist ein solcher Knecht zu preisen, den sein Herr bei seiner Rückkehr in solcher Tätigkeit antrifft. Wahrlich ich sage euch: Er wird ihn über seine sämtlichen Güter setzen. Wenn aber ein solcher Knecht schlecht ist und in seinem Herzen denkt: ›Mein Herr kommt noch lange nicht!‹, und wenn er seine Mitknechte zu schlagen beginnt und mit den Trunkenen isst und trinkt, so wird der Herr eines solchen Knechts an einem Tage kommen, an dem er es nicht erwartet, und zu einer Stunde, die er nicht kennt, und er wird ihn zerhauen lassen und ihm seinen Platz bei den Heuchlern anweisen: dort wird lautes Weinen und Zähneknirschen sein.«

»Haltet die Augen offen, seid wachsam! Denn ihr wisst nicht, wann der Zeitpunkt da ist. Wie ein Mann, der auf Reisen geht, beim Verlassen seines Hauses seinen Knechten die Vollmacht übergibt und einem jeden sein Geschäft zuweist und dem Türhüter gebietet, wachsam zu sein, – so wachet also! Denn ihr wisst nicht, wann der Herr des Hauses kommt, ob spät am Abend oder um Mitternacht oder beim Hahnenschrei oder erst frühmorgens: dass er nur nicht, wenn er unvermutet kommt, euch im Schlaf findet! Was ich aber euch sage, das sage ich allen: wachet!«

»Lasst eure Hüften gegürtet sein und eure Lampen brennen! Denn ihr sollt Leuten gleichen, die auf ihren Herrn warten, wann er vom Hochzeitsmahl heimkehren werde, um ihm, wenn er kommt und anklopft, sogleich zu öffnen. Selig zu preisen sind solche Knechte, die der Herr bei seiner Rückkehr wachend antrifft! Wahrlich ich sage euch: Er wird sich das Gewand hochschürzen, wird sie sich zu Tische setzen lassen und herantreten, um sie zu bedienen. Und mag er erst in der zweiten oder in der dritten Nachtwache kommen und sie so vorfinden: selig sind sie zu preisen! Das aber seht ihr ein: Wenn der Hausherr wüsste, in welcher Stunde der Dieb kommt, so würde er keinen Einbruch in sein Haus zulassen. Darum haltet auch ihr euch bereit, denn der Menschensohn kommt zu einer Stunde, in der ihr es nicht vermutet.« Da fragte Petrus: »Herr, hast du dies Gleichnis nur für uns bestimmt oder auch für alle anderen?« Der Herr antwortete: »Wer ist demnach der treue Haushalter, der kluge, den sein Herr über seine Dienerschaft setzen wird, damit er ihnen das gebührende Speisemaß zu rechter Zeit gebe? Selig zu preisen ist ein solcher Knecht, den sein Herr bei seiner Rückkehr in solcher Tätigkeit findet. Wahrlich ich sage euch: Über seine sämtlichen Güter wird er ihn setzen. Wenn aber ein solcher Knecht in seinem Herzen denkt: ›Mein Herr kommt noch lange nicht!‹ und dann anfängt, die Knechte und Mägde zu schlagen, zu schmausen und zu zechen und sich zu betrinken: so wird der Herr eines solchen Knechtes an einem Tage kommen, an dem er ihn nicht erwartet, und zu einer Stunde, die er nicht kennt; und wird ihn zerhauen lassen und ihm seinen Platz bei den Ungetreuen anweisen. Ein solcher Knecht aber, der den Willen seines Herrn gekannt und doch nichts ausgeführt und nichts nach seinem Willen getan hat, wird viele Schläge erhalten; wer dagegen seinen Willen nicht gekannt und Dinge getan hat, die Züchtigung verdienen, wird nur wenige Schläge erhalten. Wem aber viel gegeben ist, von dem wird auch viel gefordert werden, und wem viel anvertraut ist, von dem wird man auch um so mehr verlangen.«

xxviii **Vollautomatische Kartoffeln** Markus 4, 26-29:
»Mit dem Reiche Gottes verhält es sich so, wie wenn jemand den Samen auf das Land wirft und dann schläft und aufsteht in der Nacht und bei Tag; und der Same sprosst und wächst hoch, ohne dass er selbst etwas davon weiß. Von selbst bringt die Erde Frucht hervor, zuerst die grünen Halme, dann die Ähren, dann den vollen Weizen in den Ähren. Wenn aber die Frucht es zulässt, legt er sofort die Sichel an; denn die Ernte ist da.«

xxix **Das wären wohlverdiente Ohrfeigen** Lukas 18, 2-5:
»In einer Stadt«, so sagte er, »lebte ein Richter, der Gott nicht fürchtete und auf keinen Menschen Rücksicht nahm. Nun wohnte in jener Stadt eine Witwe, die immer wieder zu ihm kam mit dem Anliegen: ›Schaffe mir Recht gegen meinen Widersacher!‹ Lange Zeit wollte er nicht; schließlich aber dachte er bei sich: ›Wenn ich auch Gott nicht fürchte und auf keinen Menschen Rücksicht nehme, will ich dieser Witwe doch zu ihrem Recht verhelfen, weil sie mir lästig fällt; sonst kommt sie schließlich noch und wird handgreiflich gegen mich.‹«

xxx **Paul macht immer alles richtig** Matthäus 21, 28-31:
»Was meint ihr aber über folgendes? Ein Mann hatte zwei Söhne. Er ging nun zu dem ersten und sagte: ›Mein Sohn, gehe hin und arbeite heute im Weinberge.‹ Der antwortete: ›Ja, Herr‹, ging aber nicht hin. Dann ging er zu dem zweiten und sagte zu ihm das gleiche. Der gab zur Antwort: ›Ich will nicht!‹ Später aber besann er sich eines Besseren und ging hin. Wer von den beiden hat nun den Willen des Vaters getan?« Sie antworteten: »Der zweite.« Da sagte Jesus zu ihnen: »Wahrlich ich sage euch: Die Zöllner und die Dirnen kommen vor euch in das Reich Gottes.

xxxi **Der Vogelfreund** Matthäus 13, 3-9; Markus 4, 3–8; Lukas 8, 5–8:
»Seht, der Sämann ging aus, um zu säen; und beim Säen fiel einiges von dem Saatkorn auf den Weg; da kamen die Vögel und fraßen es auf. Anderes fiel auf die felsigen Stellen, wo es nicht viel Erdreich hatte und bald aufschoss, weil es nicht tief in den Boden dringen konnte; als dann aber die Sonne aufgegangen war, wurde es versengt, und weil es nicht Wurzel geschlagen hatte, verdorrte es. Wieder anderes fiel unter die Dornen, und die Dornen wuchsen empor und erstickten

es. Anderes aber fiel auf den guten Boden und brachte Frucht, das eine hundertfältig, das andere sechzigfältig, das andere dreißigfältig.«

»Hört zu! Seht, der Sämann ging aus, um zu säen; und beim Säen fiel einiges vom Saatkorn auf den Weg; da kamen die Vögel und fraßen es auf. Anderes fiel auf felsigen Boden, wo es nicht viel Erdreich hatte und bald aufschoss, weil es nicht tief in den Boden dringen konnte; als dann die Sonne aufgegangen war, wurde es versengt und verdorrte, weil es keine Wurzel geschlagen hatte. Wieder anderes fiel unter die Dornen; und die Dornen wuchsen auf und erstickten es, und es brachte keine Frucht. Anderes aber fiel auf den guten Boden und brachte Frucht, indem es aufging und wuchs; und das eine trug dreißigfältig, das andere sechzigfältig, noch anderes hundertfältig.«

»Der Sämann ging aus, um seinen Samen zu säen; und beim Säen fiel einiges (von dem Saatkorn) auf den Weg und wurde zertreten, und die Vögel des Himmels fraßen es auf. Anderes fiel auf felsigen Boden, und als es aufgegangen war, verdorrte es, weil ihm die Feuchtigkeit fehlte. Wieder anderes fiel mitten unter die Dornen, und die Dornen wuchsen mit auf und erstickten es. Anderes aber fiel auf den guten Boden, wuchs auf und brachte hundertfältigen Ertrag.«

xxxii **Eine einzigartige Sicht** Matthäus 15, 14; Lukas 6, 39:

»Wenn aber ein Blinder einem anderen Blinden Wegführer ist, werden beide in die Grube fallen.«

»Kann wohl ein Blinder einen Blinden führen? Werden sie nicht beide in die Grube fallen?«

xxxiii **Die Sonderproduktion** Matthäus 20, 1-16:

»Das Himmelreich ist einem menschlichen Hausherrn gleich, der frühmorgens ausging, um Arbeiter für seinen Weinberg einzustellen. Nachdem er nun mit den Arbeitern einen Tagelohn von einem Denar vereinbart hatte, schickte er sie in seinen Weinberg. Als er dann um die dritte Tagesstunde wieder ausging, sah er andere auf dem Marktplatz unbeschäftigt stehen und sagte zu ihnen: ›Geht auch ihr in meinen Weinberg, ich will euch geben, was recht ist‹; und sie gingen hin. Wiederum ging er um die sechste und um die neunte Stunde aus und machte es ebenso; und als er um die elfte Stunde wieder ausging, fand er noch andere dastehen und sagte zu ihnen: ›Was steht ihr hier den ganzen Tag müßig?‹ Sie antworteten ihm: ›Niemand hat uns in Arbeit genommen.‹ Da sagte er zu ihnen: ›Geht auch ihr noch in den Weinberg!‹ Als es dann Abend geworden war, sagte der Herr des Weinbergs zu seinem Verwalter: ›Rufe die Arbeiter und zahle ihnen den Lohn aus! Fange bei den letzten an und weiter so bis zu den ersten!‹ Als nun die um die elfte Stunde Eingestellten kamen, erhielten sie jeder einen Denar. Als dann die Ersten an die Reihe kamen, dachten sie, sie würden mehr erhalten; doch sie erhielten gleichfalls jeder nur einen Denar. Als sie ihn empfangen hatten, murrten sie gegen den Hausherrn und sagten: ›Diese Letzten haben nur eine einzige Stunde gearbeitet, und du hast sie uns gleichgestellt, die wir des ganzen Tages Last und Hitze getragen haben!‹ Er aber entgegnete einem von ihnen: ›Freund, ich tue dir nicht unrecht; bist du nicht um einen Denar mit mir eins geworden? Nimm dein Geld und gehe! Es gefällt mir nun einmal, diesem Letzten ebensoviel zu geben wie dir. Habe ich etwa nicht das Recht, mit dem, was mein ist, zu machen, was ich will? Oder siehst du neidisch dazu, dass ich wohlwollend bin?‹«

xxxiv **Fest ohne Gäste** Matthäus 11, 16-17; Lukas 7, 31-32:

Mit wem soll ich aber das gegenwärtige Geschlecht vergleichen? Kindern gleicht es, die auf den öffentlichen Plätzen sitzen und ihren Gespielen zurufen: ›Wir haben euch gepfiffen, doch ihr habt nicht getanzt; wir haben ein Klagelied angestimmt, doch ihr habt euch nicht an die Brust geschlagen!

Wem soll ich nun die Menschen des gegenwärtigen Zeitalters vergleichen? Wem sind sie gleich? Sie sind wie Kinder, die auf einem öffentlichen Platze sitzen und einander zurufen: ›Wir haben euch gepfiffen, doch ihr habt nicht getanzt! Wir haben Klagelieder angestimmt, doch ihr habt nicht geweint!‹

xxxv Der zehnte Umschlag Lukas 15, 8-10:
Oder wo ist eine Frau, die zehn Drachmen besitzt und, wenn sie eine von ihnen verliert, nicht ein Licht anzündet und das Haus fegt und eifrig sucht, bis sie das Geldstück findet? Wenn sie es dann gefunden hat, ruft sie ihre Freundinnen und Nachbarinnen zusammen und sagt: ›Freuet euch mit mir, denn ich habe die Drachme wiedergefunden, die ich verloren hatte.‹ Ebenso, sage ich euch, herrscht Freude bei den Engeln Gottes über einen einzigen Sünder, der sich bekehrt.«

xxxvi Du kannst die Schafe hüten Lukas 15, 11-32:
»Ein Mann hatte zwei Söhne. Der jüngere von ihnen sagte zum Vater: ›Vater, gib mir den auf mich entfallenden Teil des Vermögens!‹ Da verteilte jener das Hab und Gut unter sie. Kurze Zeit darauf packte der jüngere Sohn alles, was ihm gehörte, zusammen und zog in ein fernes Land; dort brachte er sein Vermögen in einem ausschweifenden Leben durch. Als er nun alles aufgebraucht hatte, entstand eine schwere Hungersnot in jenem Lande, und auch er begann Not zu leiden. Da ging er hin und stellte sich einem der Bürger jenes Landes zur Verfügung; der schickte ihn auf seine Felder, die Schweine zu hüten, und er hätte sich gern an den Schoten des Johannesbrotbaumes satt gegessen, welche die Schweine als Futter bekamen, doch niemand gab sie ihm. Da ging er in sich und sagte: ›Wie viele Tagelöhner meines Vaters haben Brot im Überfluss, während ich hier vor Hunger umkomme! Ich will mich aufmachen und zu meinem Vater gehen und zu ihm sagen: Vater, ich habe gegen den Himmel und dir gegenüber gesündigt; ich bin nicht mehr wert, dein Sohn zu heißen: halte mich wie einen von deinen Tagelöhnern.‹ So machte er sich denn auf den Weg zu seinem Vater. Als er aber noch weit entfernt war, sah ihn sein Vater kommen und fühlte Mitleid: er eilte ihm entgegen, fiel ihm um den Hals und küsste ihn. Da sagte der Sohn zu ihm: ›Vater, ich habe gegen den Himmel und dir gegenüber gesündigt; ich bin nicht mehr wert, dein Sohn zu heißen!‹ Der Vater aber befahl seinen Knechten: ›Holt schnell das beste Gewand aus dem Hause und legt es ihm an; gebt ihm auch einen Ring an seine Hand und Schuhe an seine Füße und bringt das gemästete Kalb her, schlachtet es und lasst uns essen und fröhlich sein! Denn dieser mein Sohn war tot und ist wieder lebendig geworden, er war verloren und ist wiedergefunden!‹ Und sie fingen an, fröhlich zu sein. Sein älterer Sohn aber war währenddessen auf dem Felde. Als er nun heimkehrte und sich dem Hause näherte, hörte er Musik und Reigenchöre. Da rief er einen von den Knechten herbei und erkundigte sich, was das zu bedeuten habe. Der gab ihm zur Antwort: ›Dein Bruder ist heimgekommen; da hat dein Vater das gemästete Kalb schlachten lassen, weil er ihn gesund wiedererhalten hat.‹ Da wurde er zornig und wollte nicht ins Haus hineingehen; sein Vater aber kam heraus und redete ihm gut zu. Da antwortete er dem Vater: ›Du weißt: schon so viele Jahre diene ich dir und habe noch nie ein Gebot von dir übertreten; doch mir hast du noch nie auch nur ein Böcklein gegeben, dass ich mit meinen Freunden ein fröhliches Mahl hätte halten können. Nun aber dieser dein Sohn heimgekehrt ist, der dein Vermögen mit Dirnen durchgebracht hat, da hast du ihm das Mastkalb schlachten lassen!‹ Er aber erwiderte ihm: ›Mein Sohn, du bist allezeit bei mir, und alles, was mein ist, ist auch dein. Wir mussten doch fröhlich sein und uns freuen! Denn dieser dein Bruder war tot und ist wieder lebendig geworden, er war verloren gegangen und ist wiedergefunden worden.‹«

xxxvii Späte Einsicht Matthäus 18, 12-14; Lukas 15, 4-7:
»Was meint ihr wohl? Wenn jemand hundert Schafe besitzt und eins von ihnen sich verirrt: wird er da nicht die neunundneunzig auf den Bergen zurücklassen und hingehen, um das verirrte zu suchen? Und wenn es ihm gelingt, es zu finden, wahrlich ich sage euch: Er freut sich über dieses eine mehr als über die neunundneunzig, die sich nicht verirrt hatten. Ebenso ist es auch der Wille eures himmlischen Vaters, dass keiner von diesen Kleinen verlorengehen soll.«

»Wo ist jemand unter euch, der hundert Schafe besitzt und, wenn ihm eins von ihnen verloren geht, nicht die neunundneunzig in der Einöde zurücklässt und dem verlorenen nachgeht, bis er es findet? Wenn er es dann gefunden hat, nimmt er es voller Freude auf seine Schultern und ruft, wenn er nach Hause gekommen ist, seine Freunde und Nachbarn zusammen und sagt zu ihnen: ›Freuet euch mit mir! Denn ich habe mein Schaf wiedergefunden, das verloren gegangen war.‹ Ich sage euch: Ebenso wird im Himmel über einen einzigen Sünder, der sich bekehrt, mehr Freude herrschen als über neunundneunzig Gerechte, die der Bekehrung nicht bedürfen.

xxxviii **Dietrich Konrad reist nach Greifswald** Lukas 10, 30-37:
»Ein Mann ging von Jerusalem nach Jericho hinab und fiel Räubern in die Hände; die plünderten ihn aus, schlugen ihn blutig, ließen ihn halbtot liegen und gingen davon. Zufällig kam ein Priester jene Straße hinabgezogen und sah ihn liegen, ging aber vorüber. Ebenso kam auch ein Levit an die Stelle und sah ihn, ging aber vorüber. Ein Samariter aber, der auf der Reise war, kam in seine Nähe, und als er ihn sah, fühlte er Mitleid mit ihm; er trat an ihn heran und verband ihm die Wunden, wobei er Öl und Wein darauf goss; dann setzte er ihn auf sein Maultier, brachte ihn in eine Herberge und verpflegte ihn. Am folgenden Morgen holte er zwei Denare heraus aus seinem Beutel, gab sie dem Wirt und sagte: ›Verpflege ihn, und was es dich etwa mehr kostet, will ich dir bei meiner Rückkehr ersetzen.‹«